鬼と契りて

桃華は桜鬼に囚われる

しろ卯 Shiro U

アルファポリス文庫

https://www.alphapolis.co.jp/

目次

鬼と契りて

桃華は桜鬼に囚われる

序章

　寒い冬が去り、温かな日差しに草木が産声を上げる頃のこと。庭に咲いた桃の香が、大河（おおかわ）家の屋敷を包み込んでいた。

　屋敷の前に馬車が停まり、一人の男が降りてくる。詰襟の軍服をまとう彼は、この屋敷の主である大河貴尾（たかお）だ。三十歳を超えて働き盛りである彼の眉間には、いつになく深いしわが刻まれていた。

　屋敷に帰宅した貴尾を、背広を着た家令の渋沢（しぶさわ）が迎える。四十は過ぎたというのに、未だ衰えぬ体躯。動きに無駄はなく、主を先導する。

　玄関に入り、貴尾が軍服の帽子を脱いで渡したところで、渋沢が囁（ささや）いた。

「お生まれになりました。奥様もお子様も、お健（すこ）やかでございます」

　渋沢の声に喜びの色は感じない。視線を下げたまま、淡々とした声音で密やかに伝える。

　貴尾の妻丹子（あかこ）が出産を控えていた。大河家にとって待望の第一子。本来ならば、家を上げて祝うべき朗報であろう。

しかし貴尾と渋沢の間には、重苦しい空気が澱む。

しばらく無言で壁を睨み付けていた貴尾は、苦いものを呑み込むように目を閉じる。数拍の間を置き、深く呼吸して目蓋を上げた。

「そうか。……息子が生まれたのだな？」

低く、ゆっくりと吐き出された言の葉。否定は許さないと暗に込められた音に、渋沢は目を眇める。

貴尾が所帯を持ってから、すでに十年の歳月が経つ。ようやく恵まれた一人目。二人目を宿す保証はどこにもない。嫡子は男子しか認められていないため、娘であれば婿を取るか養子を迎える必要が出てくる。

それでなくても大河家の立場は難しい状況だ。先代が若くしてこの世を去り、貴尾は大河家の当主として新政府が求める成果を出せていない。

生まれたのが娘であれば、他家に乗っ取られるか、下手をすれば華族から外される可能性もあると貴尾は危惧している。

だから、子供は男でなければならなかった。

渋沢は何事もなかったかのように、澄ました顔で礼を取る。

「はい。玉のようなお世継ぎ様にございます。寿ぎ申し上げます」

「うむ」

主人の部屋に戻った貴尾は、軍服を脱ぎ和服をまとう。締め付けていた襟やベルトから解放され、太い息が零れた。

縁側に出て腰を下ろすと、暮れゆく空を背景に白い花弁が舞う。

悪鬼（あっき）を祓（はら）う桃の枝。儚（はかな）き乙女は、はらり、はらりと涙を零す。

花弁と姿を変えた涙が一雫（ひとしずく）、貴尾の膝前に落ちた。

「――桃矢（とうや）。倅（せがれ）の名は、桃矢とする」

「承知いたしました」

渋沢が礼をして、部屋を出る。

びうと強い風が吹き、桃の枝から花々を奪っていく。庭に踊る花吹雪（はなふぶき）。それは祝いの舞か、それとも憐れみの落涙か。

この日。

女児として生を受けたはずの赤子の運命は、大きく捻じ曲げられた。

一章

盛りを終えた桃の花が、ひらり、ひらりと花弁を落とす。風に乗った一片が、路面電車から降りた桃矢の髪に止まった。

まとう黒い詰襟の上着と長ズボンは、華族学問院初等科の制服だ。華族の子供を中心に上流階級の者たちが通う華族学問院に、桃矢も在籍していた。

生徒たちの平等を謳う華族学問院は、通学時に馬車や人力車を用いることを禁じている。だから桃矢は一人で電車通学をしていた。

喫茶店の扉が開き、ふわりと珈琲の香しい匂いが鼻をくすぐる。襦袢代わりにシャツを着た袴姿の男が現れ、扉を押さえた。はにかんで礼を言う女の長い黒髪には、昨今流行りのリボンが結ばれている。

風に泳いでひらひらと揺れる赤く大きなリボンを、桃矢の目が無意識に追いかけた。羨望の眼差しは切なげに、苦しげに伏せられ、消えていく。

女の体で生を受けた桃矢だけれども、彼女は女として生きることを許されない。リボン一つどころか結ぶための長い髪ですら、所持を許されなかった。

昨年、弟の大貴が生まれ、桃矢が男である必要はなくなっている。だが出生時に男として届け出をし、華族学問院にも通っていた。

今さら、女に戻れるはずもなく。大河家の者たちは揃って彼女を、腫れ物に触れるように扱う。

そんな歪んだ境遇で育ったからだろうか。十歳には似合わぬ愁いを帯びた面立ちは、年の割に大人びている。

駅から離れた桃矢は、和菓子屋に向かった。饅頭を幾つか包んでもらい店を出る。それから辺りを注意深く見回した。

同じ制服を着た子供がいないことを確認すると、桃矢は人力車が集まっているほうに向かう。

「橘内医院まで頼む」

たむろしている男たちの中から、人当たりのよさそうな引き手を選んで声を掛けた。

子供の声に、引き手が胡乱な目を向ける。しかし桃矢が着ている制服を見るなり、慌てて立ち上がった。

かつてのような身分による差別はなくなったとはいえ、根底にある意識は今も残る。

華族は庶民にとって雲の上の存在。引き手は背筋を伸ばし、緊張した面持ちで人力車の横に踏み台を置いた。

「どうぞ。揺れますので足元にお気を付けください」

「ありがとう」

　桃矢が座席に腰を下ろすと、引き手が走り出す。

　彼の剥き出しになった腕や肩は、筋肉が厚く盛り上がっている。軽快に走る男の後ろ姿を眺めていた桃矢は、自分の柔らかな腕を握って顔をしかめた。

　鍛えれば、いつか自分もあんなふうになれるだろうか。そうすれば父や母が認めてくれるかもしれないと、わずかな希望を抱いて笑む。

　けれど同時に、そうはなりたくないと、少女の悲鳴が脳裏に響いた。

　矛盾する二つの性の狭間で、桃矢の心は揺り動かされる。

　人力車は線路から離れ、町を駆けていく。

「到着しました」

　引き手の声と共に、人力車が停まる。

　桃矢は周囲に目を向けた。『橘内醫院』と書かれた表札を掲げる建物の外見は、土壁に瓦屋根と、他の民家と大差ない。

　人力車から降りた桃矢は、橘内医院へ入っていく。

「橘内先生はおられますか？　大河桃矢です」

「患者はいませんから、どうぞ遠慮なく」

声を掛けると、木綿（もめん）の着物の上から白衣をまとった橘内西次郎（ゆうじろう）が顔を出した。すでに還暦を超えて枯れ木のように細い体ながら、背筋は真っ直ぐに伸び年齢よりも若く見える。

「こちらへどうぞ」

桃矢の姿を認めると、診察室とは別の戸から奥へ誘う。そちらは居住空間になっていて、奥に向かって土間の通路が伸びている。その右手に座敷があった。

西次郎は下駄を脱いで座敷に上がる。桃矢も靴を脱いで続いた。

「これです」

桃矢は背負っていたランドセルから身体検査の書類を取り出し、西次郎に渡す。

年に一度実施される身体検査を受ければ、桃矢の性別が露見しかねない。だから仮病で華族学問院を休み、大河家と親交のある西次郎に診断書を書かせて誤魔化すのだ。

「まったく。貴尾坊ちゃまも莫迦（ばか）な真似をする。今の時代に誤魔化し続けられるはずがないでしょうに」

内診をしながら、西次郎が呆れ交じりにぼやく。

桃矢は同意する言葉も反論する言葉も紡（つむ）ぎ出（だ）せず、視線を下げるに留めた。

西次郎の言う通りだと思う一方で、頷（うなず）けば、自分の存在が間違っていると認めることになる気がしたから。

一通りの検査を終えたところで、橘内医院へ患者が訪れた。

「先生、いらっしゃいますか？」

桃矢は慌ててシャツの前を合わせる。

病院とは隔てられた奥の間にいるとはいえ、万が一ということがある。急患であれば西次郎が姿を現すまで待てず、飛び込んでくるかもしれない。

「今行くから待っていてくれ！　……すぐに戻ります」

診察室に向かって声を張った西次郎が、桃矢に断りを入れて部屋を出た。

残された桃矢はシャツの釦を留めて身だしなみを整えると、そっと息を吐く。

微かに聞こえてくる会話から、もうしばらく時間が掛かりそうだと思われた。桃矢は厠を借りようと土間へ下りる。

病院側の厠に行けば、患者と鉢合わせしてしまう。だから、土間を奥へ進んだ。厠は台所を過ぎ、内庭を挟んだ先にある。

用を足し終えた桃矢は、ふと足を止めて耳を澄ませた。誰かの呻き声が聞こえた気がしたのだ。

途切れ途切れのくぐもった声。どこから聞こえてくるのかと探ると、更に奥に作られた小部屋から漏れていた。

引き寄せられるように足を向けた桃矢は、そっと板戸を引いて中を覗き見る。

しかしそこには誰もいない。三畳ほどの土間が広がるだけだ。

不思議に思いつつ小部屋に入ると、声は足下から聞こえていた。

「なんだ?」

桃矢は足下を見つめ、目をぱちぱちと瞬く。それから周囲を見回した。

土間の床には太い杭が打ち込まれており、縄梯子が繋がれている。その側の床には、縄の取っ手が付いた四角い板の蓋が嵌め込まれていた。

もしやと縄の取っ手を引っ張ると、案の定、床に置かれた蓋が開く。覗いた先に、地下へ通じる穴が掘られていた。

桃矢は縄梯子を垂らし、慎重に下りていく。

穴の底にもまた、三畳ほどの空間が広がっていた。土が剥き出しになったままの壁と床。下り切って地に足を着けた一歩先を、頑丈な木製の格子が塞ぐ。

「牢?」

なぜ病院の地下にこのようなものがあるのか。

思いもかけない状況に、茫然とする。

しばらくして目が慣れてくると、格子の向こう側が見えた。桃矢は二度、三度と瞬き、己の目が捉えた姿を確かめる。

そこには桃矢より小柄な子供が、手足を投げ出して座っていた。

まともに食事を与えられていないのか。やせ細った体は骨が浮いて見える。櫛を通した形跡のない長い髪は、鳥の巣みたいに絡まり広がっていた。

「どうして子供が？」

見てはならないものを見てしまったと本能的に察し、恐怖が背中を這い上がってくる。

桃矢の声に反応したのか、子供の顔がゆっくりと上向く。そして光のない眼が桃矢を捉えた。

嫌な予感を覚えてとっさに後退った桃矢は、床に転がっていた石に足を取られて尻餅を突く。

上から下へと流れる視界の中で、子供が格子越しに飛び掛かってきた。桃矢の頬に、ひりりと痛みが奔る。

格子の隙間から桃矢に向けて伸ばされた、細くしなやかな腕。尖った長い爪の先の一本は、緋色に染まっていた。

もしも桃矢が立ったままであれば、その顔は深く抉られていただろう。

「鬼？」

狼のように長く尖った爪と牙。光る金色の瞳。振り乱した長い黒髪から覗く短い二本の角。それは紛れもなく鬼の特徴と一致する。

桃矢は尻餅を突いたまま、茫然と鬼を見つめた。

子鬼は捕え損ねた獲物を得ようと、伸ばした手で必死に空を掻く。

もしもその手に捕らわれてしまえば、どうなるのか。

恐怖で桃矢の息は浅くなる。

けれども、いつまでも怯えたまま、ここにじっとしているわけにはいかない。震える体で後退り、壁に手を添えて立ち上がる。

縄梯子を掴もうとするも震える手に力が入らず、体を支えられない。仕方なく、格子を抱きしめるように肘を巻き付けて、必死に登った。

小部屋に戻っても震えは止まらない。這う這うの体で縄梯子を引き上げ、穴に蓋をする。

「どうして橘内先生の家の地下に鬼が？」

座り込んだ桃矢は自身を抱きしめ、恐怖に凍える体を擦った。

ふわりと風が流れる。

桃矢は反射的に振り向いた。

開いた板戸の向こうに現れた西次郎が、じろりと射るように見下ろす。

桃矢は先程までとは違う恐怖に身を竦めた。

西次郎の視線は桃矢から外れ、縄梯子と穴を封じる蓋へ向かう。

める。

「見たのですね？」

桃矢は視線を逸らした。けれど西次郎の鋭い眼差しは桃矢に降り注ぎ続け追いつ
じっと凝視していた西次郎の目蓋がぴくりと動き、桃矢に向かって足を踏み出した。

桃矢は慌てて謝罪を口にする。

「す、すみません。声が聞こえたので。……だけど、どうしてここに」

鬼がいるのかと問おうとした声は、途中で途切れた。西次郎の顔が間近に迫り、彼のしわのある手が伸びてきたから。

叱られるのだと察した桃矢は、反射的に目を閉じる。

けれど頭にも頬にも、叩かれる痛みは訪れなかった。代わりに顎に手を添えられ、左の頬を正面に向けられる。

「あの子に負わされましたか？」

なんのことかと疑問に思いつつ目を開け、西次郎が自分の頬を診ていることに気付く。指先で触れてみると、とろりと赤い血が付いた。

「爪が掠ったみたいです」

そう答えた途端、西次郎の目が眇められ鋭さを増す。

誤魔化すべきだったかと背筋に嫌な汗が流れるけれども、失言は取り消せない。今

度こそ叱られるのだと身構える。

だが酉次郎は何も言わなかった。思案げな顔をして桃矢の頬にできた傷を見つめ続ける。

大した傷ではないのに、どうしてそんなに深刻な表情をするのか。訝しく思った桃矢は、大河家と酉次郎の関係に思い至る。

大河家は華族の末端に席を置く。酉次郎は医師として町の人から慕われているが、彼の身分は士族にすぎない。そして橘内家は、代々大河家が率いる鬼倒隊の隊員を輩出してきた。酉次郎の息子であった酉作も、鬼倒隊の一員として悪鬼と戦った経歴を持つ。

身分の上でも、職務上でも、大河家は橘内家より上位の存在。そんな家の嫡子に傷を負わせたのだ。罰せられる可能性がある。法では裁かれずとも、酉次郎としては穏やかな心持ちではいられまい。

そのことに思い至り、安心させようと桃矢は口を開いた。

「心配はいりません。どうせ僕のことなど、父も母も関心がありませんから。この程度の傷、誰も気付きませんよ」

自分で言っておきながら、胸がずくりと重く痛む。

酉次郎の視線が、頬の傷から顔へ、ゆっくりと移る。

「鬼がどのように生まれるか、ご存知ですか？」

唐突な質問に面食らった桃矢だけれども、真剣な声音に記憶を探った。

そして答えに至る。

「——鬼に傷付けられた者が、鬼と化します」

教本の一説。華族学問院では一年生で学ぶ常識。

桃矢の顔から血の気が引いていく。

なぜ忘れていたのか。

収まっていた震えが再発し、内から激しく体を揺さぶった。

「僕は、鬼になるのですか？」

鬼倒隊を率いる立場にある大河家に生まれながら、討伐すべき鬼と化す。

それはきっと、女であることよりも蔑まれる事態だ。貴尾と丹子から向けられるであろう眼差しを想像し、桃矢は愕然とする。

「あ。嫌、だ。僕は。僕は……」

鬼となることよりも、父母から今まで以上に冷ややかな目を向けられるほうが恐ろしかった。

頭を抱え込む桃矢を、西次郎がじっと見つめる。厳しい目付きが、微かに和らいだ。

「一つだけ、桃矢様が人のままでいられる方法がございます」

与えられた光明。跳ねるように顔を上げた桃矢は、酉次郎に縋る眼差しを向ける。

「巧くすれば、桃矢様の願いも、一つは叶えられましょう」

「僕の願い？」

「然様。大河家のご嫡子として、相応しい力を手に入れることです」

「大河家に相応しい力――」

恐怖に染まっていた桃矢の瞳に光が差す。

陰のあった酉次郎の眼が妖しく輝き、口元が緩む。

「どういたしますか？　しくじれば命はございませんが、それはこのまま鬼になっても同じこと。何もせず鬼となって死ぬるか、それとも万に一の可能性に賭けるか」

桃矢に選択の余地などなかった。

このままでは父母に完全に見捨てられ、寂しく悲しい死を迎えるだけ。そんな絶望の未来から逃れられる方法があるのなら、手を伸ばすに決まっている。

「教えてください。どうすればいいのですか？」

訴える姿を見つめていた酉次郎が立ち上がった。地下へ繋がる蓋を開け、縄梯子を下ろす。

「ついてきてください」

酉次郎は穴の中へ消えていく。

桃矢が逡巡したのは一瞬のこと。すぐに意を決して立ち上がり、あとに続いて地下へ向かう。

猛る子鬼の塒へ。

桃矢と西次郎が薄暗い地下に着くと、子鬼は自分の指を美味そうに舐めていた。桃矢の存在に気付くなり、歓喜して格子に飛び付き手を伸ばす。

たじろいだものの、桃矢はここで逃げてはいけないと、拳を強く握って怯えを抑え込んだ。

「どうやら桃矢様の血は、すでに舐めたようですな」

子鬼をしげしげと観察していた西次郎が呟く。どういう意味かと視線を上げて問う桃矢に、子鬼から視線を逸らさぬまま返した。

「幕府が存在した頃、なぜ大河家が代々悪鬼改めを任されていたか、ご存知ですか？」

「知りません」

自分の家のことなのに答えられない。羞恥に呑まれた桃矢は下を向く。西次郎がちらりと目を向けたのに気付くと、ますます居心地悪く感じた。

「成人すれば教えるつもりだったと思いたいですな」

呆れ交じりの溜め息。

自分の不甲斐なさを責められている気がして、桃矢は悔しさを抑えるために奥歯を噛む。

しかし西次郎は首を横に振った。

「桃矢様の責任ではありません。――大河家の者は、鬼を使鬼として従える力を持つのですよ。必ず下せるとは限りませんし、使鬼には自我があり、服従関係になるわけではありませんが……」

初めて聞く話に驚き、桃矢は西次郎の横顔をまじまじと見つめる。

しかしすぐに違和感を覚えた。

大河家の当主である貴尾は、鬼を従えていない。

その疑問を読み取ったのか。西次郎が続ける。

「貴尾坊ちゃまは、鬼に呑まれるのを恐れて挑まなかったのです」

「父が？」

「然様」

貴尾は桃矢にとって、誰よりも強く、そして恐ろしい存在だ。貴尾に認められたい一心で、今日まで女としての感情を切り捨て、男として懸命に生きてきたほどに。

「父にも、恐ろしいことがあったのですね」

命を落とすかもしれない状況だというのに、桃矢は父とて絶対的な存在ではないと知り安堵した。

肩から力が抜け、口元が緩む。顔を上げた彼女の瞳には、覚悟を決めた光が宿っていた。

「この鬼を従えればいいのですね？　そうすれば僕は鬼にならずに済み、大河家の嫡子として——鬼倒隊を率いるに相応しい力を得る」

迷いを見せぬ桃矢に、酉次郎は瞠目する。次いで頼もしげに桃矢を見つめ、口の端を引き上げた。

「察しがよくて助かります。この子の名は咲良。大河家の者が鬼を従わせる際は、己の血を与え、そしてその鬼の血を飲むそうです。咲良はすでに桃矢様の血を得ている模様。私が咲良の動きを止めますので、こちらで傷を負わせて咲良の血をお飲みください」

桃矢は差し出された短刀を受け取り頷いた。

子鬼へ視線を戻した酉次郎の顔には、哀しみと期待が混じる。一つ瞬いて感情を呑み込んだ彼が、胸衣嚢から御符を取り出した。膝をついてそれを床に置き、その上に手を添える。

「祓い給い縛り給え」

起動のための唱詞を酉次郎が口にするなり、御符が光を発し牢の四隅に輝く線が延びる。

子鬼が怒りを顕わに吠えた。

格子の隙間から伸ばされていた腕は動きを止めている。どうやら西次郎が発動した神術が効いているみたいだ。

「桃矢様、今です」

一歩前に出た桃矢は、子鬼の腕を取った。

強靭で凶暴な鬼とは思えぬ細い腕。傷を付けることにためらいを覚えたが、このままでは桃矢は鬼と化す。この子鬼も、いずれ討伐されてしまうだろう。

両者に訪れる最悪の結末を打破するため、息を詰めてその腕に刃を走らせた。

己の意思で始めて誰かを傷付けた痛みが、桃矢の心の臓をぎゅっと掴む。深い罪悪感に包まれながら、白い腕に滲み出た血を舐めた。

「これでいいのか？」

飲むというには足りぬ、わずかな量。だがこれ以上傷付けるのは心苦しくて……

是の答えを期待して西次郎に確かめる。

しかし、答えは聞かずとも分かった。

「ぐっ⁉」

唾と共に飲み込んだ子鬼の血が、体を内から焼いていく。

胸元を握りしめて倒れかけた桃矢を、西次郎が受け止めた。

「あ、……嗚呼？」

言葉にならぬ苦痛の音。

血の道を火焔が駆け回る。脂汗を流した。臓腑に到達すると荒れくるい、肉を焦がす。壮絶な痛みに、桃矢は目を見開き脂汗を流した。

空気を取り込めば炎は更に燃え上がるというのに、外の涼しい風を取り入れたい。口は大きく開いて息を吸う。

「嗚呼、嗚呼……！」

あまりの苦しみに、目尻から涙が零れ落ちる。

「桃矢様、お気を確かに。鬼は人が持つ負の心を揺さぶるそうです。それは痛みを訴える赤子のようなもの。戦うのではなく、受け入れるのです」

西次郎の声が、桃矢には遠くに聞こえた。

暗い、昏い闇の底。星も灯りもない深夜よりも暗く、どこまでも堕ちていく昏き海。桃矢はとぽとぽと沈んでいく。手を伸ばしても掴むものはなく。空に浮かぶ月も見えぬ。

重い目蓋が封をする。何も見えぬ闇の中で、すすり泣く声が聞こえた。

「誰？」

指一本動かすのも億劫な中で、桃矢は短く問う。けれど声は泣くばかり。

ふと微かに聞こえた西次郎の言葉を思い出し、話し掛けた。

「そうか。君はあの子鬼――咲良だね？　僕は大河桃矢だ。どうして泣いているんだい？　何が悲しいんだい？」

すすり泣く声が、ひたりと止まる。だが、それもわずかの間。再びすすり泣く声が聞こえてきた。

「寂しいのかい？　そうだよね。こんな所に一人ぽっちでは寂しいに決まっている」

暗く、昏く、身も心も凍り付きそうな寒い空間。

ここに来たのは初めてのはずなのに、桃矢はこの場所に充満する感覚を知っている。

家族や使用人たちも暮らす屋敷で、彼女はいつも一人だった。寂しくて、悲しくて、切なくて。自分が本当に存在しているのか分からなくなる日々。もしかすると、もう自分はこの世にいなくて、幽霊になっていることに気付かず彷徨っているだけなのではないかと疑った日もある。

だから、孤独の怖さはよく知っていた。心が凍り、体まで凍えさせる。そして世界から色が消えていくのだ。

桃矢は声のするほうに向かって、一生懸命に手を伸ばす。

「大丈夫。これからは僕がいる。ずっと君の傍にいるから。だから僕の手を取って」

泣き声が止み、桃矢を見つめる気配がした。

桃矢は襲ってくる眠さに負けて意識が途切れそうになりながら、言葉を紡ぐ。

「おいで。大丈夫だから。僕は咲良の味方だ。必ず君を守るから——」

伸ばした指先が、波に揺蕩うように揺れる。

闇が、桃矢を呑み込んでいく。体から力が抜け、睡魔が彼女を抱きしめる。永久の眠りが彼女を祝福し、安らかな温もりを与えんと口付けを落とそうとした。

身を任せれば全ての苦痛から解放される。体の痛みも、父母に厭われる悲しさも、全部消え去るだろう。

だけど、桃矢は拒絶した。

伸ばした指の先に、細く冷たい感触を覚えたから。

「ありがとう。僕の手を取ってくれて」

失いかけた力を込めて精一杯腕を伸ばすと、微かに触れた指を掴み、引き寄せる。

涙に濡れた黒い瞳。真珠を思わせる滑らかで白い肌。整った顔立ちに桜の花びらを乗せた唇。

「咲良——美しく可憐な花。君のこれからに、よきことが咲き乱れますように」

桃矢が微笑むと、咲良も微笑みを返す。

二人を包むように光が溢れ、闇は消えていった。

「――お目覚めですか？」

重い目蓋を開けた桃矢は、薄暗い場所にいた。

ここはどこだと意識を向けると、剥き出しになった土の天井が目に映る。視線を動かすと、西次郎が桃矢の脈を取りながら覗き込んでいた。

「僕は、やり遂げたのですか？」

ぼんやりとしていたが、まず確かめる。

起き上がろうとしたものの、体が思うように動かなかった。西次郎が背に手を当てて支えてくれて、ようやく上体を起こす。

桃矢が一人で座れると判断し、西次郎が手を離した。そしておもむろに居住まいを正し頭を垂れる。

「お祝い申し上げます。これで大河家も安泰でございましょう」

述べられた祝辞を聞いて、桃矢は自分が成し遂げたことを実感していく。

見つめる自分の掌は、未だ頼りなく小さい。けれど、手に入れたのだ。

大河家が持つ力を――絶大なる鬼の力を。

嬉しさが胸を満たす。

「そうだ。咲良は？　咲良はどうしている？」

力を与えてくれた、大切な存在。

桃矢は慌てて格子の向こうに目をやる。するとそこには、桃矢と変わらぬ年頃の子供が座っていた。

獰猛な鬼ではない。あの暗く寒い世界で見つけた、愛らしい子供。

桃矢は外見が変わった咲良に驚いて、目を瞬く。しかしすぐに目尻を下げて笑み崩れた。

「咲良だね？　僕は桃矢だ。改めて、これからよろしく」

手を伸ばすと、咲良はきょとんと目を丸くして、差し出された手を見つめる。桃矢の顔と手を交互に見てからにっこりと笑い、両手でその手を包み込んだ。

「とーや」

春の花が咲き誇るように。温かくて、優しくて、純粋な笑顔だった。

桃矢も自然と表情が綻ぶ。

「さて、上に戻り、これからの話をしましょうか」

立ち上がった酉次郎が桃矢を促す。けれど牢を開ける気配はない。

「咲良は？　牢から出してやらないのですか？」

もう人を襲う獰猛な鬼ではなくなったのだから。

そう言いたい桃矢に対し、彼は首を横に振る。

「しばらくは様子を見る必要があります。危険がないと判断したら、部屋に移しましょう」

桃矢は後ろ髪を引かれながら、縄梯子を登った。

後から登ってきた酉次郎が、縄を引き上げて穴に蓋をする。それから居間に移動した桃矢に薬湯を差し出した。

「お飲みください。お疲れでしょう？」

彼の言う通り、桃矢は気だるさを覚えている。体は筋肉痛を思わせる強張りと重い痛みを訴え、精神も疲弊していた。

鬼の血を飲み、そして従えたことで、心身に変化が起きたのだろう。

出された湯呑を両手で受け取り口にする。仄かな甘味では消しきれぬ、苦味と青臭さが口の中に広がった。

ちまちまと飲む桃矢を見守っていた酉次郎が、懐から出した懐紙に筆を走らせる。そしてそれで鶴を折り、印を結んだ。

淡く光った折り鶴が羽ばたき飛んでいく。

「鶴符ですね。どこへ送ったのですか？」

折り鶴に神力を込め、遠くへ飛ばす神術。

神術を使う力である神力は全ての人に備わっていると言われているが、その量は人によって異なる。

　鶴符を飛ばすのに必要な神力は少なく、神力を多く持つ華族はもちろん、士族や平民でも使える者は珍しくない。桃矢はまだ教わっていないので、使えないけれど。

「大河家へ。渋沢様に、桃矢様は今夜、当家に泊まるとお伝えしました。……もう遅い時刻ですから」

　障子越しに差し込んでくる明かりは、赤く染まっていた。もうすぐ夜が訪れるだろう。

　暗い夜道を、桃矢一人で帰らせるわけにはいかないとの判断だ。無頼漢はもちろん、夜は鬼が出てくることもある。

　桃矢は西次郎の気遣いから目を逸らす。

　大河家に、桃矢の心配をしている者などいないと知っているから。

「咲良のことですが、当面は黙っておいてくださいませんか？」

　西次郎の言葉に、桃矢は不機嫌になって眉を寄せた。

「なぜですか？」

　使鬼を得たのだ。貴尾ですら得られなかった強大な力を。

　家に戻って伝えれば、父母が自分を見直してくれるかもしれない。そんな期待を抱いていたのだから、不満を覚えてしまう。

「鬼と知られれば、鬼としてしか生きられません。人としての暮らしを得ることはできないでしょう。叶うことならば、桃矢様が鬼倒隊に入るまでの間だけでも、あの子に人としての暮らしをさせてやりたいのです。どうか、ご慈悲を頂きたく」

　額づいて懇願する酉次郎を見て、桃矢は咲良のことを考えていなかった自分の浅はかさを悟る。そして、改めて疑問を抱いた。

「咲良はなぜ、この家で囚われていたのですか？」

　鬼を研究している機関は存在する。だから鬼倒隊と縁があり、医者である酉次郎が、鬼を研究していたとしても不思議ではない。

　しかし彼の咲良に対する態度は、ただの被検体に対するものよりも親身に見えた。

　酉次郎が微かに動揺を見せる。それから桃矢をじっと見つめた。

　余計な情報を遮断し、桃矢自身を見定めんとする硝子の眼。

　桃矢もまた、負けじと酉次郎を真っ直ぐに見つめ返す。

　結果として力を得たものの、鬼倒隊を率いるべき大河家の人間として、民家が立ち並ぶ町中に鬼が潜んでいる状況は看過できなかった。

　ふっと酉次郎が息を吐き、瞳に感情が戻る。

「私の倅、橘内酉作が鬼倒隊に所属していたことはご存知ですね？」

「はい」

橘内家はまだ幕府が存続し、鬼倒隊が悪鬼改めと呼ばれていた頃から、大河家の下で働いていた。西次郎は病がちであったために医学の道へ進んだが、彼の父や祖父、そして兄も、大河家の下で悪鬼を討伐する任に就いている。西次郎の息子として生まれた西作もまた、当然の如く鬼倒隊へ進んだ。

淡々とした声ではあるが、西次郎の顔には悲しみが浮かんでいた。

「西作は任務中に鬼から傷を負わされ、鬼と化しました」

悪鬼と対峙する鬼倒隊の隊員たちは、悪鬼の攻撃をその身に受ける機会が多い。運よく命を拾っても、十日のうちには鬼と化す。そうなれば当然、始末される。

故に、鬼倒隊へ配属された兵卒が徴兵明けの三年後まで生きている確率は三割ほどと低い。

西作もまた、悪鬼によって傷を負わされていた。しかし彼は傷に気付かず、いつも通りの生活を続けてしまう。そして非番の日。父と妻の目の前で、鬼へと豹変した。

幸いだったのは、鬼と戦えるだけの力を所持していた西次郎がいたことか。病がちだったからといって、武芸を学んでいないわけではない。むしろ、橘内の家に生まれながら悪鬼と戦えないことを悔み、人一倍、励んできた。

だから西次郎は、悪鬼と化した己の息子を自らの手で討つ。

一人息子を自身の手で討たねばならなかった彼にとって、力を有していたことはむしろ不運であったかもしれない。

だが橘内家を襲う悲劇は、これで収まらなかった。

「西作の没後に、嫁のお恵が身ごもっていることが発覚したのです」

息子の忘れ形見と喜んだのも束の間。腹の子が育つにしたがって、西次郎は異変を感じる。

十月十日が過ぎたある日。西次郎は念のため病院を閉め、奥の間で赤子を取り上げた。

不安は的中し、取り上げた赤子は角を生やし、鬼の特徴を持って生まれる。西作が鬼から傷を受け、鬼となるまでの間に宿った命だった。

お恵は我が子を見逃してくれるよう、西次郎に乞う。

どうか殺さないでくれと。

早くに妻を失い息子の西作まで失った西次郎にとって、咲良はただ一人の肉親だ。咲良を救いたい気持ちは同じ。

とはいえ、鬼を匿うことは罪となる。それに成長すれば、いずれ西次郎の手に負えなくなるだろう。そうなれば、被害を被るのは西次郎とお恵だけには留まらない。

苦悩する彼の脳裏に、ふと昔の記憶が蘇った。

今は亡き大河家の先々代、大河貴蔵が、若かりし西次郎に語った話が。

「大河家の者は、鬼に自らの血を飲ませ、そしてその鬼の血を飲むことで、鬼を人の形に留め使鬼とすることができる」

そう言った貴蔵の隣には、美しい女の使鬼が侍っていた。

現当主である貴尾は使鬼を持たない。そして子供が生まれたばかり。どちらかから血を貰えれば咲良を人の形に留められるのではと、西次郎は希望を抱く。

だからといって、桃矢を危険に晒すつもりはなかった。桃矢がもう少し成長してから、承諾を取って引き合わせるつもりでいたのだ。

西次郎が額を畳に押し付けた。

「全ての罪は私にあります。どうか咲良のことはお見逃しください。必ずや桃矢様のお役に立ちますよう、言い聞かせて育てます故」

桃矢は無言でその旋毛を見つめる。

初めて知る事柄が多すぎて、頭の中を整理するのに時間を要した。

「――お恵殿は、どうなったのですか？」

混乱が冷めぬ中、口を突いて出てきたのはそんな問い掛け。

畳の上の西次郎の指先が、ぴくりと震える。しばしの間を置いて、静かに言葉を紡ぎ出す。

「大河様の話をしたところ、生まれて間もない我が子に自らの血を与え、子の血を飲み鬼となりました。故に私が討ちました。手順に従っても、只人では鬼の力に抗えなかったのです」

西次郎はお恵の死を、出産時の出血多量によるものと届け出た。真相を葬り、生まれた初孫は病弱な子供として地下牢に隠す。

本来ならば許されざる所業。もしも咲良が牢を破り家を飛び出したなら、民家が立ち並ぶ場所で鬼が暴れることとなる。そうなれば被害は甚大であっただろう。

罪深いと知っていながら、それでも孫を生かす道を選んだのだ。

「咲良は、人として生きられるのですか？」

「はっきりとは分かりません。ですが先々代様に仕えていた由妃寧様は、常時は人と変わらぬ姿をされておりました。お美しい方で、幼かった私の頭を撫で飴玉をくださったことを憶えております。鬼なのだと教わらなければ、人と思うていたでしょう」

西次郎は昔を懐かしむように話す。

しかし彼は由妃寧の多くを知るわけではない。どのように暮らし、人とどこまで違うのかまでは、教えられていなかった。

「なんにせよ、しばらくは様子を見る必要があります。人と異なる点がありますれば、私が気付けましょう」

医者である西次郎が人と区別できぬのであれば、他の人も咲良を鬼と見抜くのは難しいに違いない。

桃矢はその言葉を慎重に咀嚼し、呑み込んでいく。

「咲良のことは、誰にも言わないと約束しましょう。彼女が人として、幸せに暮らすために。それと、橘内先生が僕のことで気に病む必要はありません。僕が生きてきたことで、一人の少女を救えたのです。誇りに思えど怨む気持ちはありませんから」

生きているだけで父母を困らせる存在である自分が、人の役に立てたのだ。桃矢にとって、これほど喜ばしいことはなかった。

けれども、なぜか胸が締め付けられるように痛む。

鬼として生まれた孫を隠し、育ててきた西次郎だ。きっとこれから、咲良は孫娘として大切に育てられるのだろう。

自分とは違って――

辛い境遇を背負う子供に対してまで抱く、羨望と嫉妬。自分の醜さに嫌気が差し、桃矢の表情が歪む。

自嘲するように切なげに口元を緩めた桃矢を、顔を上げた西次郎が訝しげに見つめた。

※

月日は流れゆく。山も田も青々と染まり、眩しい日差しの下では蝉が勇ましく鳴いていた。

十五となった桃矢は今日も学校帰りに寄り道をして、橘内医院に出向く。咲良と出会ってからというもの、三日と空けずに通っていた。

「ご免ください」

病院の玄関を避けて勝手口に向かい、声を掛ける。すると同じく十五歳となった咲良が迎えた。

日に焼けた桃矢とは対照的に、透き通るように白い肌。伏せ目がちな目元も手伝って儚げな印象をもたらす咲良には、薄紅色の麻の着物がよく似合う。

男として生きねばならない桃矢には許されぬ、背中まで伸びた黒く艶やかな髪は、緩く一つに束ねられている。そこに以前桃矢が贈ったリボンを結わえていた。

「桃矢様。どうぞ奥へ」

嬉しそうな表情は、桃矢の来訪を心の底から歓迎している証。家族でさえ必要としない桃矢を、咲良だけは求めてくれるのだ。嬉しさに胸をくすぐられる。

口元が緩むのを誤魔化すため、桃矢は咲良から視線を外した。

「西次郎は往診か？　もう年なのだから、控えればいいのに」

わざとらしく眉をひそめながら、帽子を脱ぐ。鞄と帽子を受け取った咲良は、くすくすと笑いながら奥へ戻っていった。

追いかけるように靴を脱いだ桃矢が座敷に腰を下ろすと、お茶を淹れて差し出す。

「どうぞ」

「ありがとう。そうだ。来る途中でクリームパンを買ってきた」

「まあ。ありがとうございます」

咲良が銘々皿を持ち出し、桃矢が渡したクリームパンを乗せてお茶に添えた。

一口大に割って口に放り込むと、饅頭とは違うしっかりとした生地と、卵と牛乳で作ったカスタードクリームが口の中で溶けていく。

甘さで頬が緩み、桃矢と咲良は自然と笑顔になる。

「美味しいですね」

「そうだな。また買ってこよう」

二人は顔を合わせて相槌を打つ。

お茶で口の中を整えると、桃矢は何げなく問い掛けた。

「もう縁談が舞い込んでおるのではないか？」

女は十五歳になれば結婚が許される。

咲良はようやくその年齢に達したばかり。普通ならばすぐに縁談が来るとは限らない。

しかし美しいだけでなく、気立てのよい娘に育った咲良のこと。一目見れば、男たちは放ってはおかないだろう。なんとしても手に入れようと躍起になるはずだ。早めに目を付けていた者たちが、すでに婚約を申し込んでいてもおかしくはない。そう桃矢は思っていた。

咲良の魅力を知っているからこそ口にしたのだけれども、当の本人は不満げに口を尖らせる。

「そのようなお話は来ておりません」

怒りを含んだ口調で、はっきりと答えた。

「なぜ怒る？　咲良に惹かれぬ男などおるまい？」

きょとんと目を瞠る桃矢を、咲良がじとりと睨む。なおも首を傾げて不思議がる桃矢に対して、小さな溜め息を零した。

「そう思うのでしたら、桃矢様が咲良を嫁に迎えてくださいませ」

「それはできないと、咲良は知っているだろう？」

男として振る舞ってはいても、桃矢の肉体は女だ。嫁を迎えることはできない。

もしも大河家に桃矢しか子がいなければ、彼女の秘密を知る咲良を仮初め(かりそめ)の妻として迎えた未来もあっただろう。

けれど今は、弟の大貴がいる。正真正銘の男児だ。大河家の次期当主は大貴だと、内々に決まっていた。

桃矢の存在は、大河家にとって隠ぺいしたい瑕疵(かし)。いつ表舞台から消され、日陰に身を隠して余生を過ごすことになってもおかしくない。

歪(ゆが)んだ運命に、咲良はもちろん、他人を巻き込むのは気が引ける。生涯独り身で生きていくのだと、桃矢は弁(わきま)えていた。

答えた桃矢の表情は硬く強張(こわば)り、膝の上の手を握りしめる。その白くなった手を、温(ぬく)もりが包み込んだ。

重なる手に沿って顔を上げると、悲しげな笑みを浮かべる咲良が映った。

「咲良は桃矢様が殿方でも、ご令嬢でも構いません。桃矢様のお傍(そば)にいられれば、それだけで充分なのです。ですが桃矢様は大河家のご長子。咲良では吊り合わないことも、理解しております」

「咲良……」

咲良は隠すことなく気持ちを伝えてくる。その一方で、桃矢が思いつめないように逃げ道を用意した。

桃矢はそんな咲良の気持ちをありがたいと思うと同時に、受け取ることが許されない自分自身を歯痒く思う。

気まずげな空気を醸し出す桃矢を見つめていた咲良が、ふっと笑みを零して手を叩く。

「そうだわ。摘み細工を作ったのです。お見せしますね」

そう言って持ってきたのは、薄紅色の生地で作られた枝垂桜の髪飾り。絹布の持つ艶やかな輝きと滑らかさが咲良に似合いそうだと、桃矢は思った。

「挿してやろう」

そう言って差し出した手をすり抜け、咲良は髪飾りを桃矢の耳の上に添える。

「咲良？」

怪訝な顔をする桃矢に対し、嬉しそうに笑う。

「お似合いになります」

差し出された手鏡に映るのは、少年にしか見えない短髪の桃矢。けれど髪に添えられた枝垂桜が軽やかに揺れると、少年は少女に変わった。

女としての生き方など、とうに諦めたこと。だというのに、鏡の向こうで少女の姿を垣間見せる自分に、手を伸ばしそうになる。

しかしそれは夢幻。

鏡に映る少女が、今にも泣き出しそうに顔を歪めた。桃矢は目蓋を落として幻想を断ち切ると、微かに動いた指先を理性で押し留め、胸の痛みも呑み込む。

「私は男だ。やめよ」

咲良を傷付けまいと優しく言ったはずなのに、唇から漏れ出たのは硬質で冷たい声。案の定、咲良の表情が曇る。桃矢は罪悪感で顔を背けた。

「桃矢様。この家にいる間だけは、思うがままに振る舞ってくださって構わないのですよ？」

咲良の愛らしい唇から零れる、甘く優しい誘惑。

桃矢の柔らかな心が、咲良に縋ろうと蓋を開ける。しかしその蜜を口にすれば立ち上がれなくなると、桃矢は知っていた。

だから全てに封をする。

抵抗する理性に押さえ付けられ、少女の心は悲鳴を上げながら凍り付いていく。

無言になった桃矢の隣に、咲良がぴとりと寄り添った。桃矢の左手に右手を絡ませ、肩に頭を乗せる。

その温もりが、桃矢の凍える心をゆっくりと溶かしていった。

かつり、かつりと、杖を突く音が病院側の玄関先から聞こえてきた。西次郎が帰ってきたのだと察した桃矢と咲良は身を離す。

「お帰りなさい、お爺様」

「お疲れ様です、先生」

「ああ。帰った。桃矢様も来ておられたか」

咲良と桃矢が声を掛けると、西次郎の声が返ってきた。

繋いだままの手に視線を落とした咲良が、絡めていた指を残念そうに解いて立ち上がる。土間に下り、西次郎のもとへ向かった。

「荷物を片付けておきます」

「ありがとう」

咲良に往診のための荷物を任せて奥に入ってきた西次郎が、桃矢の向かいに腰を下ろす。彼が急須に手を伸ばそうとしたのを見て、桃矢は新しい湯呑にお茶を注ぎ差し出した。

「クリームパンもよろしければ召し上がってください」

「これはまた結構なものをありがとうございます。いつも気にせずともよろしいのに」

「先生にはお世話になっていますから」

お茶で咽を潤した西次郎がクリームパンを割りながら、肩を解すように首を大きく傾けた。

「お揉みしましょうか？」

「さすがにそれは申し訳ない。後で咲良に頼みますよ」

「構いません。咲良も家のことが忙しいでしょうから」

西次郎の背後に回った桃矢は、痩せた肩に手を乗せ揉みほぐす。

父母の肩を揉んだことは、一度としてない。それどころか触れた記憶すらない。祖父母は桃矢が生まれる前に亡くなっている。

指先に感じる肉は少なく、骨と皮が目立つ。下手に力を加えようものなら却って痛めてしまいそうで、桃矢は注意しながら手を動かす。

「痛くはありませんか？」

「上出来ですよ。按摩になれますな」

「ご冗談を」

軽口を叩き合いつつ、桃矢は父母にはできぬ孝行を味わう。

指先から伝わってくる人肌の感触が心地よかった。役に立てているのだという満足感が、空っぽの心を満たしていく。

仮初めのことだと分かっていても、桃矢は西次郎に父や祖父を重ねてしまう。

「先生は、僕のお爺様のこともご存知なのですよね？」

顔を見たこともない、桃矢の父方の祖父、大河貴一。

問うと、クリームパンの欠片を咀嚼していた酉次郎が顔をしかめた。お茶を口に含んで流し込み、桃矢の祖父について語り出す。

「生まれた時代が悪かったのでしょうな。異国の影響を受け、それまでの価値観が大きく変わる波に翻弄されて、使鬼を大切にする大旦那様を時代遅れの堅物と詰っておられた。鬼と血を交わしたものの、最後は見放されました」

幕府が倒れ、新政府が樹立する頃に青年期を過ごした貴一は、使鬼を尊ぶことなく使役し、憎しみを抱いた使鬼によって命を断たれた。貴尾が使鬼を持たなかったのは、貴一の最期を知っているからでもあるのだろう。

契りを結びさえすれば、永遠に隷属させられるわけではない。鬼と人。双方が共に添うことを望まなければ、使鬼が人の味方でい続けるとは限らないのだ。

とはいえ、人であることを捨て鬼として生きると決断するには、相応の理由が必要であろうが。

「僕は、大丈夫でしょうか?」

「咲良が桃矢様を嫌っているように見えますか?」

問い返された言葉に、桃矢は首を横に振った。自然と目が向かった病院のほうから咲良の気配を感じる。

あの子だけは自分を裏切らないと、桃矢は信じていた。もしも裏切られるとしたら、自分に問題があったからだと断言できる。そして、咲良が桃矢を見捨てるときが来るとしたら、それは本当の孤独に突き落とされるときだ。

想像してしまった桃矢の心に、凍えるような冬風が吹いた。

「……貴尾坊ちゃまは、悪鬼との戦い方を教えてくださいましたか？」

桃矢の表情が強張る。目から光が消え、心の戸が閉じていく。

その反応を見た西次郎が、大きく息を吐き出した。

「桃矢様のせいではありません。おそらく、貴尾坊ちゃまは教えないのではなく、教えられないのでしょう。……大旦那様の仰っていた通りになったということです」

「曽お爺様の？」

ぼんやりと返す桃矢に対して、西次郎が頷く。

「ええ。大旦那様は旦那様を見て心配しておられました。大河家が代々伝えてきた悪鬼改めの技が途絶えてしまうのではないかと。若造だった私に全てを明かし、託すほどに」

桃矢は水を掛けられたかのように、目が一気に覚めた。

なぜ大河家の人間ではなく、悪鬼改めにも鬼倒隊にも所属していなかった西次郎が、鬼を使役する方法を知っていたのか。疑問に感じていた答えがここにある。

「なぜ先生に？」

「病床の大旦那様の診察をしていた折に、医者になった私ならば長生きするだろうからと。……結局、旦那様にも貴尾坊ちゃまにも、耳を貸してはいただけませんでしたが」

振り返った酉次郎が、じっと桃矢の目を覗き込む。

大河貴蔵の意志を継ぐ気はあるのか。悪鬼と戦う覚悟はあるのかと、その目が問うていた。

桃矢の咽（のど）がごくりと鳴る。

「僕に、曽お爺様（ひいじいさま）の技を、伝授してくださるのですね？」

悪鬼と戦う術（すべ）を。

今は異国から伝わった悪鬼と戦うための銃が、鬼倒隊の主力武器となっている。しかしその銃がなかった時代に、悪鬼改めは江戸（えど）と呼ばれていた帝都を護（まも）り続（つづ）け、平穏をもたらしていたのだ。今となっては、大袈裟に語られた創作ではなかろうかと疑われるほどの実績を上げて。

桃矢に迷いなどなかった。ただ武者震（むしゃぶる）いで指先が震える。

酉次郎の背後から前へと回った桃矢は、両手をついて頭を下げた。

「どうか教えてください。僕を悪鬼と戦えるようにしてください」

万が一、幽閉されることなくお天道様の下を歩き続けることが許されて鬼倒隊へ入ることになった場合に備え、桃矢は毎日休むことなく剣術の稽古を続けている。華族学問院にある書物を読み漁り、鬼について調べもしていた。

だが、それだけだ。

誰でもできることを、誰でも望めば得られる知識を、必死に蓄えているにすぎない。大河の者として認められるほどの成果には、繋がっていなかった。

使鬼として得たものの、優しい娘に育った咲良を戦いに投じるつもりなど、すでに桃矢からは失せている。

新たな力が欲しかった。一人でも悪鬼と戦える力が――

桃矢を見下ろしていた西次郎の視線を、彼の目蓋が遮る。

「頭をお上げください。元よりそのつもりです。今まで黙っていましたのは、貴尾坊ちゃまが伝えるのが道理と思うて様子を見ていただけのこと。大旦那様に託された技の全て桃矢様にお返しいたします」

西次郎もまた、頭を垂れた。

「さて、神術についてはご存知ですかな？」

顔を上げた西次郎が問う。さっそく指導に入るらしい。

神術とは、人に宿る神力を用いて発現する術だ。平民は神力が少なく神術を使えない者が多いが、華族は元より士族の多くが使用できる。家によっては代々伝わる秘伝の術もあった。

「基礎につきましては、学問院で学びました」

鶴符を用いた手紙のやり取りなどは、基本的な事柄として学問院でも教わる。

頷いた西次郎が懐から御符を出し、桃矢に見せた。

「これは鬼縛符と呼ばれる御符。結界の中に入った鬼を縛り、動けなくします」

「鬼倒隊で使っているものですね？　手に取って見てもよろしいですか？」

「どうぞ」

許しを得て、桃矢は鬼縛符を手に取り観察する。

神域で育てられた當麻を用いて作られた薄い御符。描かれた模様は複雑で、一見すると文字のようにも見えるが、読み取ることはできない。

「鬼縛符は複数名で使用すると聞きました」

御符と御符を結んだ線の中に入った鬼を縛るため、御符を持つ者が最低でも三人は必要というのが定説だ。

けれど西次郎は、桃矢の言葉に首を横に振る。

「そのほうが効率がいいのは確かです。鬼は動くもの。それ故に人は鬼に合わせて動き、結界の位置を調整する必要があります。使う鬼縛符の数だけ人がいたほうが都合がいい。また、結界が広ければそれだけ神力を行使します。よって、多人数のほうが負担が少なく済む。しかし発動させるだけなら一人でもできます」

出された謎掛けに、桃矢は頭を捻（ひね）った。

「先に設置して、結界の中に鬼を誘い込んでから発動すればいいのですね？」

「然様（さよう）。地下牢にも四隅に埋め、必要な場合は咲良を縛っておりました」

桃矢は目を剥（む）き西次郎を凝視する。

しばし後、桃矢の目は台所のほうにいる咲良に、次いで地下牢のある奥の部屋に向かう。

今でこそ人と変わらぬ咲良だけれども、かつては理性の利かぬ鬼の子だった。地下へ入り込んだ桃矢を、事情も聞かず襲おうとしたほどに。

そして桃矢は思い出す。桃矢が咲良の血を飲む際、西次郎は膝をつき何かの神術を発動した。それが鬼縛符だったのだと。

「そちらは差し上げます。鬼縛符は何枚あっても多すぎるということはありません。写して作り溜めておくといいでしょう」

桃矢は素直に頷き、頂いた鬼縛符を鞄にしまう。

「今日はこのくらいにしましょう。これ以上は遅くなる」

「ありがとうございました。また伺います」

礼を述べて立ち上がった桃矢が土間に下りると、台所から咲良が顔を出す。桃矢と西次郎が語り合っているのを見て、気を利かせたのだろう。病院側から土間伝いに台所に行き、夕食の支度を始めていた。

「お帰りですか？」

「ああ。また来るよ」

「お気を付けてお帰りくださいね」

「ありがとう」

咲良に見送られて、桃矢は家路に着いた。


桃矢が橘内家を去った後。

夕食の膳を運んできた咲良を見て、西次郎は怪訝な顔をした。

「ずいぶんと機嫌がいいな。私が留守にしている間に、何かあったか？」

問うてはみたものの、答えは察しが付いている。この孫が感情を揺さぶられるのは、桃矢に関することのみ。

案の定、咲良はうっとりとした顔で今日のことを話す。

「桜の髪飾りを付けた桃矢様は、たいそう可愛らしかった。お召し物も私の色に染めたいが」

笑みを消したその瞳から、光が消えていく。表情を削ぎ落した冷たい顔は、見慣れている西次郎ですら、美しくも恐ろしく感じる。

「桃矢様は未だ女に戻ることを望んでくださらない。あのお方は優しすぎて、戦いなど向いていないというのに。まったく、忌々しいことです」

吐き捨てるように言い放つ咲良の眼に殺気が滲む。

もしも桃矢が許したなら、咲良は迷わず大河家の者を手に掛けるだろうと、西次郎は思う。彼らが桃矢を縛り苦しめる、最大の原因だから。

咲良が可憐な花を演じるのは桃矢のため。桃矢に伝わらないと分かっていれば、この通り素顔を晒し、悪態も吐く。咲良の屈託ない笑顔しか知らぬ桃矢が見たら、驚くに違いないと西次郎は呆れた。

「いっそ、鬼となって攫ってしまおうか」

目を金色に染めて嘯く言葉は、冗談なのか本気なのか。西次郎にすら判別が付かぬ。

「それこそ、桃矢様は望むまいよ」

念のため釘を刺してから、西次郎は箸を取る。

膝前に置かれた膳の上に並ぶのは、麦の交じった飯に、茄子と小芋の煮物。それに鰯の梅煮と豆腐の味噌汁。

男手一つで育てた咲良だが、いつの間にか、どこに嫁がせても恥ずかしくないほどに一通りの家事を身につけていた。

だが如何せん、咲良は桃矢が絡まなければ何事にも関心が薄くなる。

「今夜も鰯と豆腐か」

箸で摘んだ鰯を持ち上げ、西次郎はぽつりと零す。

「余ったとかで、持ってくるのですよ。買いに出かけている間に桃矢様が来たら取り返しがつきませんし、お爺様はなんでも召し上がるでしょう？」

ぶっきらぼうに答えた咲良が、鰯の梅煮を頬張った。

魚売りと豆腐売りの青年が、咲良に惚れているのは明らかだ。あれこれ理由を付けては会いに来る。

しかし桃矢の力で人の姿を得たものの、咲良の本性は鬼のまま。他人は愚か、肉親にさえ情を寄せることはない。青年たちの好意など、伝わるはずがなかった。

鬼でなくとも、咲良が彼らの想いに応えることはなかっただろうが。

そしてとばっちりを受けて、連日鰯と豆腐を食べさせられている西次郎の気持ちなど、誰も察することはない。

「鬼は鰯や豆が苦手と聞くが？」

鰯だけでなく、膳に並んでいる豆腐も元は大豆。どちらも節分の季節には、鬼除けとして用いられる。

「ただの迷信ですよ。食べられればなんでも構いません」

　そう言った咲良だが、小豆は苦手らしいと西次郎は知っている。それでも桃矢のために善哉や牡丹餅を作って待っていることがあった。桃矢が来なければ、西次郎の夕食か朝食となるのだが。

　咲良の世界は桃矢を中心に回っている。西次郎を祖父と呼び共に暮らしているのも、桃矢がそう望んでいるからにすぎない。咲良が西次郎に対して、桃矢へ向けるほどの配慮を見せることはなかった。

「人間だとて、親離れしていくもの。こうして孫が作った飯を食べられるだけでも充分か。私も欲深くなったな」

　西次郎は出汁がよく効いた味噌汁を啜る。

「お前、そろそろ桃矢様に打ち明けてはどうだ？」

「私が本当は男だとですか？　お断りします」

　男子であれば、徴兵検査を受けねばならない。そうなれば鬼の子である咲良を隠しきれないと、西次郎は生まれたばかりの咲良を女児として届け出た。故に制度上は女として生きる必要がある。

　とはいえ、咲良の擬態はあまりに見事すぎた。

　そんな咲良だからか。人の姿に戻ったときに女児と見間違えて以来、桃矢は未だに咲良を女だと思い込んでいる。

それはまだ桃矢を信用しきっていなかった西次郎が、彼女が口を滑らせぬようにと真実を告げなかったせいでもあった。そのため、今さら咲良の意思に反して告げられない。

「私を女だと思い込んでいるからこそ、桃矢様は女の姿を垣間見せてくれるのです。私が男だと知れば、桃矢様は今以上に女でいられなくなってしまう」

怪訝な顔をする西次郎に、咲良が溜め息を零す。

「桃矢様が私にくださったものは、全てご自分が身につけたかったものですよ」

咲良の髪を飾るリボンも、卓上を彩る紫陽花も。桃矢が咲良のためにと贈ってくれたもの。

だけどそれらは全て、桃矢の女の部分が欲したものだ。そして同時に、男として生きる彼女が手にすることは許されぬもの。

桃矢は咲良に自身を投影している。自分が使う姿を見て心の奥に残った女の心を満たしているのだと、咲良は気付いていた。

「だから私は、女でなければならないのです」

自身が鏡となって彼女の希望を映さねば、わずかに残る桃矢の本心すら消えかねない。咲良はそう、桃矢の心を案じ断言する。

「お前はそれでいいのか？」

「桃矢様を守れるのなら、他はどうだっていい。私も、この世の全ても」

西次郎は眉根を険しく寄せた。

かつて大河貴蔵は西次郎に、理性を取り戻した鬼は優しく、信頼に足る相手だと語った。けれど西次郎は咲良との暮らしで、それが誤りだと気付いている。

大河家の血によって、鬼は人の姿と理性は取り戻す。だが本当の意味での人には戻らない。使鬼となった鬼たちが情を寄せるのは、契りを交わした大河の者にのみ。

桃矢という楔を失えば、咲良は他の鬼同様に人の敵となるだろう。それどころか、抑えていた反動で悪鬼以上の禍となるかもしれない。

西次郎はその事実に気付いてしまった。

密やかに息を吐き出した彼は、苦い思いで鰯の頭を噛む。

どうかいつまでも、桃矢が咲良の信頼を裏切らぬように。そして、桃矢が人を憎まぬように。

そう願ってやまなかった。

桃矢は時間さえあれば鬼縛符を写して過ごした。そして夏の長期休暇が来ると、朝から橘内医院を訪ね、西次郎から手ほどきを受ける。

「病院のほうはよろしいのですか？」

押しかけておきながら気になっていたことを、桃矢は隣でお茶を啜る西次郎に問うた。

「この年ですからね。以前より、患者には知り合いの医者を紹介していたのです。今も看ている のは近所の者と、どうしてもと言う者だけですよ。それにこれからますます暑くなりますから。病院は夏が過ぎるまで休業です。このまま閉じても構わないのですがね」

西次郎は医者として働き続けるには体の調子が心もとなく、今は道楽のようなものだと笑う。

「さて、次は使鬼を強化する印をお教えいたしましょう」

神力を込めた指先で印を描くことで、血を交わした使鬼に力を与えられるという。神力の量、使鬼との信頼度によって、その効力は変わる。

咲良を使鬼として戦わせるつもりはない桃矢だが、いずれ別の鬼を使鬼とするかもしれないと、真剣に取り組んだ。

橘内家の内庭で、教えられた印を素早く正確に描く練習を繰り返す。

「桃矢様、お爺様。あまりご熱心ですと体に毒です。少し休憩なさいませんか？」

井戸で冷やしていた甜瓜を切って、咲良が声を掛けた。

「頂こう」

真っ青な空に浮かぶ太陽が、じりじりと地面を焦がす。ただ外にいるだけでも、体が火照り汗が浮かぶ。

縁台に腰を掛けた桃矢は、皿に盛られた甜瓜を一つ摘んだ。

「よく冷えていて美味いな」

「まだありますから、遠慮なく召し上がってくださいね」

勧められ、もう一つ口へ運ぶ。

「もうすぐ花火大会ですね。今年も一緒に行ってくださいますか？」

「年頃の男女が二人で出歩くのはよくない」

親族以外の男女が公の場で親しくするのは、道徳に反する行為。

咲良の誘いに、桃矢は模範解答を返す。けれど咲良は引き下がらない。

「では、娘の格好をしてください。そうすれば、問題はありませんでしょう？」

「咲良っ」

咎める桃矢を、咲良は悪戯っぽく見上げる。

「花火が打ち上がる時間は暗いですから、誰も気付きませんよ」

「咲良」

桃矢が困り果てて八の字に下げた眉を寄せると、咲良も悲しげに眉を寄せた。

「咲良の我が儘、聞いてはくださりませんか？」

「聞ける我が儘と聞けぬ我が儘がある。聞き分けよ」

しょんぼりと落ち込んだ咲良の髪に指を差し入れ、梳きながら頭を撫でてやる。

真っ直ぐに伸ばされた艶やかな黒髪。女として生きていれば、桃矢もまた手に入れていたかもしれない幻。

羨望が彼女の胸を焦がしていく。指先が強張り、現実を拒絶した目が目蓋の下に隠れる。

ことりと、陶器が木に当たる音がした。

「さて、そろそろ試してみましょうか」

湯呑を盆へ返した西次郎が立ち上がる。

桃矢は心を覆いかけていた闇を振り払い、西次郎の後を追う。続いて咲良までもが庭へ出た。

「咲良？」

きょとんと目を丸くして見つめた桃矢に、咲良はおかしげに笑う。

「使鬼が必要でございましょう？」

「それはそうだが」

西次郎と咲良は平然とした顔だが、桃矢は複雑な気持ちだった。

普段は人の娘と変わらぬ咲良だ。頭では分かっていても、鬼だと意識することは滅多にない。

「無理はしてくれるなよ？　違和感があればすぐに言うと約束しろ」

「大丈夫ですよ」

眉を寄せて心配する桃矢とは裏腹に、咲良はころころと笑う。

咲良に余計な負担を掛けぬよう、桃矢はいつも以上に気を引き締める。指先に神力を込め、丁寧に印を空中に描いた。

「そのまま押し出すようにして咲良へ。難しければ、掌ごと咲良に押し当てても構いません」

酉次郎の指示を受け、桃矢は咲良に向けて印を押し出す。

「血の契り交わせし者に、力授け給え」

神術の発動と共に、桃矢の体から神力が抜けていく。予想よりも多くの神力を失い、桃矢は軽い倦怠感を覚えた。

「どうだ？　咲良」

不調を隠し、咲良を見る。

咲良の姿に変化は見られないが、なぜか嬉しげに頬を染めていた。自分の掌を見つめ、それから体のあちらこちらを観察している。

「咲良？」

うっとりとした様子で答えない咲良に、桃矢は今一度声を掛けた。

肩をびくりと跳ねさせた咲良が、慌てた様子で桃矢に向き直る。

「あ、はい。申し訳ありません。なんだか、桃矢様に抱きしめられているみたいで心地よく」

「そ、そうか」

「はい」

恥ずかしげに話す姿を見て、桃矢まで恥ずかしくなった。耐えかねて、頬を染めそっぽを向く。

「力のほうはどうだ？」

二人のやり取りを見守っていた酉次郎が、呆れ混じりに口を挟んだ。

意識を酉次郎に向けた咲良は、改めて自分の手足を見つめる。

「そうですね」

確かめるように何度か手を握ったり開いたりした後、庭石のほうへ向かった。そして幅二尺ほどの石に両手を掛けると、軽々と持ち上げてみせる。男が数人掛かりで、ようよう動かせる重さの石をだ。

桃矢は唖然（あぜん）として硬直し、酉次郎も頬を引きつらせる。

「鬼とは、これほどに力があるものなのでしょうか？」

「さて。私は鬼倒隊には所属しておりませんでしたから、それほど詳しくは」

咲良に聞こえぬよう、桃矢と西次郎は小声で囁き交わす。

こうして桃矢は西次郎に学び、悪鬼と戦う術を身につけていった。

雲のない満月の夜。

桃矢は山中にある神社の境内で、咲良と並んで座っていた。

二人がまとうのは揃いの浴衣。桃矢が用意した反物を用い、咲良が仕立てたものだ。

とはいえ桃矢は男物で、咲良は女物ではあるけれど。

眼下に望む川伝いには提灯が吊るされ、点々と光の道が延びる。立ち並ぶ屋台と行き交う人々の賑わいが、夜を昼へと転じさせていた。

声も香りも届かぬけれど、人々の様子は楽しげに見える。

「あちらのほうがよかったか？」

桃矢の視線の先を追った咲良が、首を横に振った。

「桃矢様といられるのならば、どこでも構いません」

「そうか」

「はい」

寄り添う二人。触れる肩だけでなく心の内からも、じんわりと温もりが広がる。

夜空に光の種が昇っていく。天高く到達すると、大輪の花を咲かせた。瞬く間に散りては、煌めく花弁を大地に降らせる。

「美しいな」

「はい」

瞳に光の花を映す桃矢の横顔を、咲良はうっとりと見つめていた。花火に夢中になっている桃矢は、気付いていないけれど。

ぴとりと肩をくっ付けていた咲良が、不意に体を離す。左腕に感じていた温もりが消えて、桃矢は訝しげに咲良を見た。

「構わぬが、どうした?」

「印をお願いできますか?」

「ちょっと気になるものがありましたので」

咲良の視線が川土手のほうへ向く。

「それなら僕が買ってこよう」

腰を浮かす桃矢を、咲良が押し留める。

「ここからは距離があります。それとも、共に行ってくださいますか?」

ぐっと顔を寄せられて、桃矢は答えに詰まった。

咲良と夜店を覗きたい気持ちはある。

けれど年頃の娘と花火見物をしていたなど、知人に知られればなんと言われるか。ましてや万が一にも父母の耳に入れれば、怒りを買うのは必至。叱られるだけならいいが、今以上に見捨てられるかもしれない。

黙ってしまった桃矢を見て、悲しげに眉を寄せた咲良が手を握る。

「大丈夫ですから」

はっと顔を上げた桃矢は、暗い考えを振り払うように首を横に振った。

「一人では危険だ。それに、力を使って走っているところを見られたらどうする？」

「こう見えて咲良は要領がいいのですよ？　信じてくださいませ」

咲良はにこりと笑う。結局押し切られる形で、桃矢は印を結んだ。

「すぐに戻ってきますからね」

そう言い残した咲良は、木立の中へ入っていく。人目に付かぬ所へ行ってから走ろうと考えたのだろう。

咲良が消えた辺りを、桃矢は心配しながら見つめた。

散りゆく大輪の花に遅れて、爆ぜる音が届く。

けれど桃矢は振り向きもしない。花火を楽しむ余裕は失っていた。

「一人で行かせるのではなかったか」

鬼だと露見するのは論外。だが人の姿であっても、咲良が一人で出歩くのは好ましくない。大輪の花にも負けぬ美しい咲良が一人でいれば、不埒な輩に絡まれるに違いない。

大丈夫だろうかと、桃矢は不安で落ち着かなかった。

「やはり、僕も行こう」

痺れを切らして腰を浮かせる。

「どちらへ行かれるのですか？　桃矢様？」

不意に咲良の声が耳に入り、桃矢は驚きと共に振り返った。

いつの間にか後ろに立っていた咲良が、きょとんとした顔で桃矢を見る。

その手には、串に刺した洋林檎に飴を絡めた林檎飴が一つ。

昔からある一寸から二寸の林檎と違い、異国からもたらされた洋林檎は大人の拳ほど大きい。洋林檎を伝えた異国では、飴を絡めたり、砂糖と共に煮詰めたりして食べるという。それを真似た菓子が、女子供の間で人気があった。

「怪我はないか？」

桃矢は咲良の体を頭の天辺から足元まで確認する。

その行動の意味を察したのだろう。咲良が嬉しげに頬を緩めた。

「もちろんです。遅くなって心配させてしまいましたか？」

「いいや。無事ならいい」

首をゆるりと振った桃矢は、浮かせていた腰を下ろす。咲良も隣に腰を下ろした。

「どうぞ」

林檎飴を桃矢の口元に寄せる。

きらきらと宝石のように輝く赤い林檎飴。食べていいのかとためらう桃矢の唇に、咲良が軽く押し付けた。

桃矢がちらりとその顔を窺うと、期待を込めた眼差しが注がれる。桃矢は林檎飴に視線を戻し、歯を立てた。しゃりりと飴の衣が崩れ、甘酸っぱい洋林檎の果肉と共に口の中へ転がり込んでくる。自然と桃矢の頬が緩んだ。

桃矢が齧った跡を、咲良が一口齧る。

「ん。綺麗だったので買ってきましたけれど、少し食べ辛いですね」

食べる前は満足げな顔をしていたのに、口元を空いた手で押さえて眉をひそめた。

確かに咲良の小さな口では食べ辛かろうと、桃矢は理解を示す。

「桃矢様、よろしければ残りはお願いできますか？」

「僕しか見ていないのだ。気にせず頬張ればいい」

「いえ。娘さんたちが楽しそうに食べていらしたので、どのようなものか気になっただけですから」

目のよい咲良には、離れた夜店の様子が見えていたらしい。

差し出された林檎飴(りんごあめ)を受け取った桃矢は、花火を透かすように掲げてみる。

丸く大きな姿は、まるで赤い月。ならばこの菓子は、月に暮らす貴人がもたらした至高の菓子だろうか。

しゃくり、しゃくりと、桃矢は一口ずつ大切に味わう。

幸せそうなその横顔を、咲良が満足そうに見つめていた。

咲良はいつも、桃矢が望むものを見つけ出してくる。そして頑(かたく)なな桃矢の隙を突いて与えるのだ。そのたびに、硬い鎧(よろい)で覆っていたはずの彼女の心が揺さぶられる。

「秋になれば修学旅行がある。土産は何がいい？」

気恥ずかしくて、桃矢は咲良の意識を逸(そ)らすため、花火を見上げながら問うた。

「桃矢様から頂けるのであればなんでも」

咲良の右手が、桃矢の空いている左手を搦(から)め捕(と)る。

桃矢は左腕に触れる温(ぬく)もりを感じながら、右手に持つ林檎飴を見た。

欠けて半月となった赤い月に、咲良の横顔が映る。太陽の下でも美しい顔は、ますます神秘的な麗(うるわ)しさを見せていた。

絡んだ指先が、桃矢の手の甲を撫でさする。

咲良は桃矢が咲良を求める以上に桃矢を求めるのだ。まるで愛しい恋人を慕うように。

鬼である咲良は、桃矢が拒絶すれば人の形を保ち続けられなくなるかもしれない。だから桃矢に執着するのは当然のこと。だけど、そんな事情を含めても説明がつかないほどの、深い愛を込めて。

桃矢は視線を空に戻す。

男の真似をしていても桃矢の体は女だ。本当の意味で咲良と結ばれることはない。だから恋情など抱いているはずがないのに、桃矢は咲良を失いたくないと祈ってしまう。

身勝手な欲望が浅ましくて、内心で己を嘲笑う。

いつの間にか花火は散り終え、静寂の夜が戻っていた。美しかった紅月もまた、芯だけを残して輝くことはない。

夢の時間はもう終わりだ。

「帰るか」

現実に戻るため、桃矢は立ち上がる。

「今日はありがとうございました。今年も桃矢様と共に花火を見られて、咲良は幸せです」

咲良の手を引いて、満月が照らす山道を下っていった。

二章

華族学問院の修学旅行は、夜が明けたばかりの早朝に、帝都(ていと)駅まで徒歩で向かうところから始まる。

駅に着いて汽車に乗り込んだ桃矢は、級友たちと他愛のない会話に花を咲かせながら、荷の中にある短刀に意識を向けた。

西次郎が桃矢に贈ってくれたこの短刀は、折れた御神刀の刃先を短刀に直したものだ。鬼を祓(はら)うという桃の木を焚き、御神水を用(もち)いて打った御神刀は、鬼を滅する力を持つ。

とはいえ、今の桃矢が鬼と戦ったとしても勝ち目はないだろう。だからただのお守り代わり。そして神力を御神刀に通す練習用といった意味合いが強い。

「この修学旅行で鬼と遭遇することはないだろうし」

明日は早朝から日神(ひのかみ)を祀(まつ)る神宮まで歩き、班ごとに別れて外宮と内宮を回る。その後で生徒たちは合流して御祈祷を受け、鬼除(おによ)けの御符を頂くのだから。

日暮れ前に目的地に到着した一行は、そのまま宿へ入った。一日中汽車に揺られた生徒たちは、明日以降に体力を温存するためにも早々に眠りに就く。

そうして翌朝。

宿を発った桃矢たちは、朝のうちに外宮を回り終えた。

「どこかで朝食にしよう」

誰ともなく言い出し、桃矢は同じ班の者たちと共に饂飩屋へ入る。四人掛けの席に腰掛けると、人数分を頼んだ。

慣れない長旅で重くなっていた胃も、外宮を一時間ほど歩いたお陰か、空腹を覚えるほどには回復している。饂飩ならば食べられるだろうと思っていた桃矢だったけれど、程なくして運ばれてきた器を見て、思わず凝視した。

刻んだ葱が乗る麺は、普段食べるものに比べて倍はあろう極太。更に掛けられた汁がどす黒い。弱った胃が耐えられる品とは思えなかった。

これなら団子でも買って食べたほうがましだったかもしれないと、桃矢は項垂れる。

「醤油か？」

他の生徒たちも見慣れぬ饂飩に虚を衝かれていた。だが見ていても腹は膨れないと箸を持つ。

桃矢は汁に浸かっていない上のほうから麺をすくう。汁を吸って黒く染まった部分から口を付ける勇気は持てなかった。

しかし一口啜って、わずかに含んだ汁の味に目を瞠る。

「甘い?」

醤油かと思われた汁は出汁がしっかりと利いていて、口中から鼻に香りと旨味が広がっていく。疲れを労わる適度な甘味が優しく、見た目とは裏腹にあっさりと食べられた。

更に、極太の麺はさぞや噛み応えがあるかと思いきや、存外に柔らかい。

予想とは異なる味と食感。これならば疲れていても食べやすそうだと、桃矢は感心しながら舌鼓を打つ。

一方で、正面に座る松山は、不満げに眉間にしわを寄せていた。

「なんだか物足りないな」

「それは量か?　食べ応えか?」

「両方だ」

すかさず隣の瀬崎が問うと、松山が困り顔で返す。

恰幅のよい松山は、普段から周囲の三倍は食べる。桃矢が満足する程度の量では、腹八分にも程遠いのだろう。

「内宮までの道程にも店はあるだろう。途中で適当に腹を満たせばいい」

「そうだな。時間には余裕がある。急ぐ必要はないだろう」

隣に座る乾の言葉に、桃矢は同意を示した。

松山が嬉しげな顔をし、瀬崎が不愉快そうに顔をしかめる。

堅物の瀬崎としては、歩きながらの買い食いなど許容できないのだろう。しかし家格が上の乾の言葉には逆らえず、口をつぐんだ。

饂飩を食べ終えた一行は、店を出て内宮に向けて街道を歩く。宣言通り、松山は食べ物を扱う店を見つけては、餅や団子を求めて堪能していた。

「特に美味いものがあったら教えてくれ」

桃矢はこっそり松山に頼む。饂飩を食べて胃が活力を取り戻したのか、少し甘いものが欲しく思えたのだ。

すると松山は、頬張っていた焼き大海老を示す。

「これが美味いぞ」

「ありがとう。だが今はそこまで腹に空きがない。少し甘いものが欲しいと思ったのだ」

饂飩で腹を満たしたばかりだ。せっかくのお勧めだが遠慮する。

「だったら、これはどうだ？」

松山が差し出した包みには、平べったくして焼いた丸餅があった。

「ありがとう。頂くよ」

　桃矢は一つ分けてもらい、歩きながら食す。

　こんがりとした焼き目は香ばしく、中に入っていた餡の甘味が優しく口中に溶ける。

　普段ならば甘味が強いと感じたかもしれないけれど、疲れ気味の体と頭には丁度いい塩梅だ。

　道草を食いながら内宮に辿り着いた桃矢たちは、集合場所である神楽殿を目指す。

　そこで鬼除けの御祈祷を受ける予定になっている。

「大河君は参加しないのだよな?」

「ああ。うちは鬼倒隊だからね。鬼に避けられては困る」

　まだ鬼倒隊に入隊していない桃矢が、そこまで気にすることはない。そもそも御祈祷を受けたからといって、必ずしも鬼との遭遇を避けられるわけではないのだから。

　それでも桃矢は、大河家の方針に反する可能性のあることは、なるべく避けたかった。何が原因で、父母の怒りを今以上に買ってしまうか分からない。

　だから桃矢は、神楽殿に着くと教師に声を掛け、一人で内宮を回ることにした。

　木々に覆われた爽やかな小道を、ゆっくりと歩く。目に着いた社の一つ一つに詣でては、日々の些細な感謝を丁寧に伝えた。

　そよ風が梢を鳴らし、木漏れ日が踊る。

　木々が舞う神聖なる神楽に荒んだ心を癒されながら、桃矢は小道を進む。

しばらく行くと川に出た。清らかな水が緩やかに流れ、きらきらと輝く様子は、まるで御使(みつか)いが辺り一帯を清めて回っているかのようだ。

桃矢は他の参拝客にならって川辺に下り、手を浸(ひた)す。

「冷たい」

歩き通して疲れた足を冷やせば、どれだけ気持ちいいだろうか。

そう思いはしたものの、神域に流れる水に足を浸すのは罰当たりな気がして、手拭(てぬぐ)いを浸して首筋を冷やすに留めた。

腰掛けに丁度よさそうな石に座った桃矢は、神域を覆う木々を見上げる。

不意に、びうと風が吹いて木の葉が舞い上がった。

羽ばたく木の葉を追って首を廻(めぐ)らせた桃矢は、目を瞠(みは)る。人の立ち入りを禁じられた鎮守(ちんじゅ)の森。その木陰に、ここにいるはずのない少女の姿を見たから。

「咲良？」

思わず名を口にしたけれど、一つ瞬(またた)いた後には人影さえなかった。

「気のせいか？」

帝都から離れた場所だ。ここに咲良がいるはずがない。

きっと木の影が人の姿に見えたのだろうと、桃矢は自分を納得させた。

三日目は移動に費やした。

鉄道を使って内陸に向かい、駅から歩いて山へ入る。そして目的地の野営場まで登り、天幕を張って野営をするのだ。神宮で鬼除けの御符を授かってきたのは、このためでもある。

なにせ鬼が出るのは町の中ばかりではない。むしろ人里から離れた山の奥のほうが、長く生きて強くなった悪鬼と遭遇する危険がある。

だから野営をするときは、あらかじめ鬼除けの御符を用意し、天幕に貼って鬼を防ぐ必要があった。

鬼除けの御符が祀られている建物に、鬼は入れない。これはこの国に生きる者にとっては常識で、どの家の玄関にも必ず祀られている。そして毎年節分の頃に、日神を祀る神社へ詣でて御符を新しくするのが古くからの慣わしだ。

桃矢たちは列をなし、山道を登る。列には生徒と教師だけでなく、陸軍から派遣された軍人も同行していた。万が一にも悪鬼と遭遇した際に、生徒たちを護るためだ。

目的地である野営場へ到着すると、生徒たちは班に分かれて天幕を張り始めた。

「僕には必要ない経験だと思うのだけれども」

公家系の家柄である瀬崎が、杭を地面に打ちながら不服そうにぼやく。

「仕方ないさ。政府が推奨しているからね。それにいざというときは、今日の経験が役に立つかもしれないだろう？」

桃矢は瀬崎をなだめながら作業を進めた。

天幕を張り終えると、二手に分かれて夕食の準備に取り掛かる。

桃矢は乾と共に山へ入り、食材となる植物を探す。米は持ってきているものの、他は山で調達しなければならない決まりだ。

水音が聞こえる方角に向かうと、渓流(けいりゅう)となっていた。川辺には魚を捕るための罠を仕掛ける生徒や、蕗(ふき)などを採取している生徒が集まっている。

「僕たちも罠を仕掛けるか？」

「出遅れたから難しいだろう」

桃矢が提案すると、乾が首を横に振った。

幅の狭い川に大勢の生徒が一度に押し寄せているため、魚も警戒しているに違いない。今から罠を仕掛けたところで、人数分の魚を確保するのは難しいと思えた。

しかし魚は無理でも、川沿いにはたくさんの蕗が生えている。旬はとっくに過ぎているが、この辺りのものはまだ柔らかく、食べられそうだ。

桃矢と乾は、日影に生えている柔らかそうな蕗を選んで摘(つ)んでいく。それから野営地が見える程度に、木々が生える森の中に入った。

修学旅行はただの観光ではない。自分たちできちんと計画を立て、旅を成(な)し遂(と)げられるかを見られていた。

だから桃矢たちは出発前の段階で、食べられる植物について調べてきている。

草を掻き分けて進むと、木の幹を這い上がる蔓(つる)に、爪ほどの小さな芋が付いているのを見つけた。

「これは零余子(むかご)ではないか？」

「でかしたぞ。大河君」

山芋の茎に実る零余子は、塩茹でにしたり、米と一緒に炊いたりして食べられる。

土色になった零余子を指で摘(つま)むと、抵抗もなく手の中に納まった。二人は持ってきた袋にそれを入れていく。

「山芋も掘ってみるかい？　蔓をたどればあるはずだろう？」

「やめておこう。鍬(くわ)を使っても一日掛かりになることもあると聞く。それよりあそこに舞茸(まいたけ)がある」

水楢(みずなら)の根元に生えた舞茸を小刀で切り落とし集めると、二人は来た道を戻ることにした。

大して歩いていないからと油断をすると、道を見失い遭難することもあるのが山の恐ろしいところだ。

長い下草に隠れていた黄色い蒲公英(たんぽぽ)を見つけて、桃矢は足を緩めた。

「大河君？」

乾に声を掛けられて、はっとする。

花に気を取られていたなんて言えなくて、慌てて言い訳を探す。

「蒲公英も食べられるはずだよね？　摘んでいくかい？」

蒲公英は葉も根も食べられる。食材を探しているのなら不自然ではないはずだ。

そう考えて言ったのだけれども、なぜか乾の眉間にしわが寄っていく。何か気に障ることを言っただろうかと不安になる桃矢に、彼は苦々しい顔で答えた。

「以前食べたけれど、とても苦かった。あれはもう食べたいとは思わない」

「そうか」

乾の眉間に寄ったしわの深さで、どれほど苦いのか想像がつき、桃矢は素直に頷く。

野営場所に戻った二人は引率している教師のもとへ向かった。採取した植物は担当の教師が食用になるか確認してくれる。

「大丈夫だ。全て食べられる。よく調べてきた」

「ありがとうございます」

桃矢と乾はそっと視線を交わし、安堵の表情を浮かべた。

合格を貰った食材を持って炊事場へ向かい、薪拾いに行っていた松山と瀬崎と合流する。

「何かあったかい？」

「ああ。蕗と零余子、それに舞茸を採ってきた」

桃矢と乾が見せると、松山と瀬崎が覗き込む。

「魚は捕らなかったんだ？」

「狙っている人が多かったからね。捕れずに米だけになるのは寂しいだろう？」

「違いない」

肩を竦めてみせる桃矢に瀬崎は同意するが、松山は残念そうに気落ちしていた。

集めた蕗と舞茸は適当な大きさに切る。四人が持ち寄った飯盒のうち二つに水と共に入れ、残る二つには米と水、零余子を入れた。

簡易の竈に飯盒を乗せて薪をくべ、葉の付いた杉の枝にマッチで火を着ける。

油分を多く含む杉の葉は、一気に燃え上がっていく。すぐに竈に放り込むと、周囲の枝へ火を移した。

もくもくと灰白色の煙が立ち昇り、周囲を覆う。しかし火が強くなるにしたがって薄れ消えていく。

「今回は晴れ続きだったからよかったな」

瀬崎の呟きに、残る三人は苦笑を浮かべた。

「初等科のときは苦労したからね」

「あれは酷(ひど)かった。枝を探すのは楽だったけれど、火が着かなくて」

初等科のときに行われた林間学校では、前日に台風が来た。風雨のお陰でたくさんの枝が落ちていたものの、どれもぐっしょり濡れている。

水分を多く含んだ枝では、燻るばかりで火を着けるのが難しい。どの班も例外なく火付けに苦労し、白い煙が一帯を覆って大変だったのだ。

そんな話をしているうちに、米が炊きあがる。汁には味噌を加えて中蓋(なかぶた)に注ぎ分け、零余子飯も等分して分け合った。

「松山君、僕のご飯を少し分けよう」

「ありがとう。恩に着る」

「甘やかすことはないぞ？」

桃矢は零余子ご飯を松山に分けてやる。松山にとっては少なく、桃矢にとっては多い量だったから。

瀬崎が口を挟んだけれど、笑って誤魔化した。

しゃくりと舞茸を噛み、汁と共に頂く。

料理人が作る味噌汁に比べれば、出汁(だし)が薄く味も整ってはいない。皮を剥(む)き忘れた蕗の筋が口に残り、独特の風味がくどさを与える。

それでも疲れと自分たちで作ったのだという達成感、何より自然の中で友と食べる状況からか。

「これは独特な美味しさだね。僕たちには料理の才能があるのではなかろうか？」

松山がそんな感想を述べるくらいには美味しく感じて、桃矢たちは笑顔で頬張っていく。

「零余子も美味しいな。これだけを塩茹でにして食べるのもよさそうだ」

塩を振った零余子飯は、咀嚼すると零余子のとろみがご飯を柔らかく包む。仄かな苦味は塩と混じることで癖になりそうな味だった。

華族である生徒たちが普段食している夕食に比べれば、とても質素な食事だろう。それでも満足して夕食を楽しむ。

食事を終えた桃矢たちは日が暮れる前に片付けを終え、自分たちの天幕へ向かった。

「御符はちゃんと貼ったな？」

鬼除けの御符を張り忘れれば、夜間、鬼に襲われる危険がある。広大な山の中で遭遇する確率は低いとはいえ、人里から逃げて山で暮らす鬼は多い。

「大丈夫だ」

桃矢たちは改めて御符を確認してから天幕へ入る。

日が暮れれば朝まで天幕から出られない。寝支度をしっかり終わらせて、眠りに就いた。

夜半。

桃矢は銃声で目を覚ました。同じ天幕にいる乾と瀬崎も、慌てた様子で身を起こす。

「当たったぞ！」

「油断するな！」

耳を澄ませば銃声だけでなく、共に来た軍人たちのものと思われる、罵倒や叫び声も聞こえた。

「なんだ？」

外の様子を覗こうと動く瀬崎を、乾が止める。

「迂闊に外へ出るな」

夜は人ならざる者たちの時間。ましてやここは山の中。人の領域ですらない。

過去に行われた臨海学校でも、修学旅行前の特別授業でも、夜間は指示がない限り天幕から出ないよう教えられていた。

「各自、天幕で待機！　鬼を確認。繰り返す。各自、天幕で――」

耳をそばだてると、同行していた軍人が張り上げる声が届く。そこで桃矢たちは、はっきりと認識した。

鬼が出たのだ、と。

「御祈祷を頂いてきたのに、鬼が出るなんて」

天幕の中を緊張が覆った。桃矢は念のため、荷物の中から鬼縛符を取り出して衣嚢（ポケット）に突っ込み、酉次郎に貰った短刀を左手に持つ。そこで違和感を覚えた。

起きているのは三人のみ。松山がいない。

のんびり屋の松山だ。この騒動の中でも眠っているのだろうかと、彼がいるはずの場所を見る。だがそこは、もぬけの殻（から）だった。

「松山君はどこだ？」

桃矢の声に反応した乾と瀬崎が、慌てて暗闇に手を伸ばして確かめる。しかし、やはり横たわる者はいない。

「僕が先生に伝えてこよう」

立ち上がりかけた乾の腕を、桃矢は急ぎ掴んで止めた。

「僕が行く」

「体育の成績は僕が一番いい。いざとなったときに逃げられる可能性が最も高いのは僕だ」

乾の反論は的を射ている。彼は運動神経がよく、体育だけでなく剣道の授業でも群を抜いていた。

比べて桃矢はといえば、剣術はまだしも体育は下から数えたほうが早い。

男になれない現実を突きつけられた気がして眩暈を覚えるが、桃矢はすぐに気持ちを切り替える。今は余計なことを考えているときではないのだから。

「鬼がいるんだ。だったら僕のほうが安全だ。それに、僕が行かないと」

最後まで言わず、桃矢は天幕の外へ出た。

「大河君！」

背後から呼び止める声が聞こえる。

とはいえ、大河家が鬼討伐に特化した家系であるのは周知のこと。追いかけてまで止められることはあるまいと、振り返らずに走った。

しかし教師がいる天幕に辿り着く前に、忙しく駆け回っていた軍人が桃矢に気付く。

「何をしている？　天幕へ戻れ！」

桃矢は反射的に足を止めて敬礼を返す。

「申し訳ありません。班の者が一人、天幕から消えていました。教師に伝えに行くところです」

軍人の顔が青ざめ、目が泳いだ。

この野営に参加している子供の多くは、華族の子息。死者や行方不明者が出れば、問題が大きい。

迷いを覗かせながら、その軍人が口を開く。

「俺が伝えておく。外は危険だ。戻りなさい」

「ですが」

言いつのろうとした桃矢だけれども、嫌な予感を覚えて言葉を呑み込んだ。

「よろしくお願いいたします」

深く礼をして踵(きびす)を返す。ところが自分たちの天幕へは戻らず、近くの木陰(こかげ)に身を潜(ひそ)めた。そして去っていく軍人の後を追う。

彼は上官のもとへ行き、生徒がいなくなったことを報告した。

「気の毒だが、捜索はできない。仮に生きていたとしても、傷を負っていれば鬼化するのだ。どうせ処分しなければならないのなら、行方不明のままでいてくれたほうが助かる」

上官が口にした言葉を聞いて、桃矢の顔から血の気が引く。

松山は級友として、同じ班の仲間として、苦楽を分かち合った友だ。眠る前までは普通に喋(しゃべ)っていた。それなのに、見捨てなければならないのか。

前日の神宮で餅を分けてくれた松山の笑顔が、目蓋(まぶた)の裏に浮かぶ。

ぎゅっと拳を握りしめた桃矢は、覚悟を決める。

音を立てずにその場から立ち去ると、シャツの胸衣嚢(むねポケット)から紙を取り出し鶴(つる)を折った。神力を流し、鶴符(かくふ)を飛ばす。

「頼むぞ」

鶴符が飛んでいく方角を確かめ、桃矢は木立の中へ入った。

すでに鶴符の姿は闇に紛れて消えている。けれど目標に向かって一直線に飛んでいく性質を考えると、方角さえ見失わなければ松山を見つけられるはずだ。

耳をそばだて、辺りに注意深く目を凝らしながら、桃矢は慎重に斜面を下っていった。

「いったい、どこまで行ったのだ？」

用を足したかっただけならば、山の奥まで入る必要はない。だというのに、野営地から大分離れてしまった。

「移動しているのではあるまいな？」

鬼から逃げているのか。あるいは別の理由か。

松山が動いているのであれば、最初に鶴符が飛んでいった方向へ進んでも見つけられない。別の方角にいる彼をすでに追い越してしまった可能性も考えられる。

もう一度飛ばしてみるかと考え始めたとき、微かに呻き声が聞こえた。

「松山君か？」

声を掛けると、声がぴたりと止む。

桃矢は身を屈め、右手に抜身の短刀を、左手に鬼縛符を構える。

「大河だ。松山君ならば返事をしろ」

潜めた声で、今一度問うた。

草むらが、不自然に揺らめく。

「ぼ、僕だ。松山だ。後生だから見逃してくれ！」

その言葉で、桃矢は事情を理解した。

「鬼に傷を負わされたのだな」

図星だったのだろう。震える松山に合わせて、草がかさりと揺れる。

鬼に傷を負わされれば、いずれ鬼と化す。だから、鬼に傷を負わされた者の運命は決まっていた。

その運命から逃れたい一心で、松山は山の奥へ逃げたのだ。軍人たちに見つかれば、処分されてしまうから。

桃矢の背に、じわりと嫌な汗が流れる。

周囲に鬼の気配はなかった。このまま密やかに戻れば、桃矢だけは助かるかもしれない。

だけど松山は、鬼となるか、軍人たちに見つかって処分される。

桃矢は鬼と戦ったことなどない。戦い方を学び始めはしたものの、まだ二ヶ月ほどと初歩の初歩。勝ち目がないことは桃矢だって理解していた。それでも、助けたいと思ってしまう。

短刀を握る右手に力がこもる。

覚悟を決めかけたとき、ふっと咲良の姿が目に浮かんだ。

桃矢だけを見て、桃矢に真っ直ぐな愛情を向ける愛しい少女。もしも桃矢に万が一のことがあれば、咲良は泣き腫らしてしまうだろう。それだけは、耐えられなかった。

桃矢は深く息を吸う。そしてゆっくりと、松山を助けたいという思いと共に吐き出す。

目の前で蹲る友を、見捨てる決意を固めた。

心の硝子にひびが入り、小さな欠片が落ちていく。

それを見ぬふりをした。目を向けてしまえば、そのまま脆く崩れてしまうと知っているから。

「ご家族に、言伝は？」

夜の木陰よりも光を宿さぬ昏い瞳で、桃矢は草むらに隠れた友を見る。

「……い、妹と両親に、ありがとうと。元気でいてくれと、伝えてほしい」

嗚咽交じりの遺言を、桃矢は胸に刻み込む。

「必ず伝えると約束しよう」

「……ありがとう」

夜風が草を揺らす。隙間から垣間見えた松山の姿に胸を掻き毟られるような痛みを覚えるが、桃矢は無理やりに視線を切る。

そしてその先に、鬼を見た。

木立の間から覗くのは、金色に輝く一対の眼。月明かりを受けて淡く浮かび上がる二本の長い角。

ぼろをまとった悪鬼が、憎悪に歪んだ顔で桃矢を見つめていた。

桃矢の全身が、ぞわりと粟立つ。

松山を助けたくて悪鬼に挑もうと考えた、一寸前の自分に対して嘲笑が零れる。

たとえ手負いであろうとも、人が勝てる相手ではないと本能が警鐘を鳴らす。

逃げなければ――そう思い動き出すより先に、悪鬼が動いた。獣のように素早い動きで、一気に間を詰める。

「――っ！」

躱す暇などなかった。とっさに短刀を抜いたけれど、それもまた無意味。運よく掠り傷でも負わせれば儲けものといったところだろう。

桃矢は死を覚悟する。

「咲良」

絶体絶命の状況で脳裏に浮かんだのは、父でも母でもなかった。

悪鬼の鋭い爪が、桃矢の首を狙って振り下ろされる。

しかし桃矢の命が絶たれることはなかった。首筋に触れる前に、悪鬼が横へ吹っ飛んでいったから。

「何が？」

目を瞠った視界に、見慣れた衣装が目に入る。貴尾が身につけているものとはわずかに異なるが、紛れもなく鬼倒隊の赤い隊服。その男は、短髪をよしとする軍人には珍しく、長い髪を後頭部の高い位置で一つにまとめた総髪をしていた。

「鬼倒隊も来ていたのか？」

野営に同行するのは陸軍の軍人だと説明を受けていたが、鬼倒隊も同行していたらしい。桃矢は微かに安堵の息を吐く。

対悪鬼に関しては専門の部隊だ。この場も巧く対処してくれるだろう。

そう思い、安心から緊張を解きかける。けれども視線を上げて息を呑んだ。

鬼倒隊の隊服をまとう男の頭上にも、二本の角があったから。

「鬼？」

桃矢の呟きが聞こえたのか。鬼倒隊の隊服を着た鬼がぴくりと震えた。

肩越しに桃矢を見たその顔は、鼻より下を口布で覆っていてよく見えない。探りを入れるような視線を向けられて、桃矢は再び緊張する。だけど、なぜか恐怖や不快感は覚えなかった。

　驚きながらも気を引き締め直し、警戒を取り戻す。

　今の状況は、まるで鬼倒隊の隊服を着た鬼が自分を助けてくれたように思える。しかし、そうとは限らなかった。

　鬼は人だけを襲うのではない。鬼同士で争うこともある。二匹の鬼が敵対していて、今が好機と攻撃したとも考えられる。もしそうであれば、決着が付いた後に獲物となるのは、桃矢と松山だ。

　桃矢は短刀を構え直し、隊服姿の鬼を窺う。

　だが、鬼が発した言葉は思わぬものだった。

「怪我は？」

　一瞬、何を問われたのか分からず、桃矢はきょとんとしてしまう。

「大丈夫です」

　わずかな間を置いて、困惑しつつも答えると、鬼の表情が緩んだ。

　悪鬼と呼ぶにはあまりに優しくて。そしてなぜか咲良を思い浮かべてしまい、桃矢は茫然と鬼を見つめた。

　しかし咲良がこの場にいるはずがない。

　ならばどうしてと考え、一つの可能性に思い至る。

「もしかして、あなたは」

誰かと契約し、理性を取り戻しているのではなかろうか。だから、同じ理性を取り戻した咲良と似た雰囲気を感じてしまうのではないか。

そう考えた桃矢だけれども、確認するより先に鬼倒隊の隊服を着た鬼が動く。

先程、蹴り飛ばされた悪鬼が怒りの形相で、隊服を着た鬼に襲い掛かったのだ。

鬼倒隊の隊服を着た鬼は腰に差していた刀を抜き、悪鬼の凶爪を捌く。

桃矢の目では追うのがやっとの凄まじい攻防。金属のぶつかり合いを思わせる硬質な音が幾度となく響き渡った後、勝負が付いた。

隊服を着た鬼が悪鬼を引き摺って桃矢のもとへ運んでくる。獲物を譲ると言わんばかりの行動に、桃矢はますます驚愕した。

しかし千載一遇の好機であることには違いない。

桃矢は短刀を構える。酉次郎から教えられた手順に従って、それに神力を込めた。

「祓い給い清め給え」

唱詞を奏上し悪鬼の胸に御神刀を突き立てれば、鬼は清められ、傷を負わされた松山は助かる。

そうと分かっているのに、切っ先が悪鬼の肌に触れる直前、体が強張った。

相手は人に害を為す悪鬼。それでも、命を奪うことを心が拒絶したのだろう。

金縛りにあったかのように動かぬ腕に、桃矢は奥歯を食いしばって力を込める。

「僕は……僕は、大河家の嫡男だ」

両手で短刀の柄を握りしめ、全身の力を込めて鬼を貫いた。

手に嫌な感触が伝わり、気持ち悪さで眩暈を覚える。震える手の先。握る短刀の白刃を中心にして、悪鬼の体が燃えていく。

血潮の代わりに飛沫くは赤い炎。火は悪鬼の全身に燃え移り、灰燼に帰す。熱を宿した灰が夜風に舞う様は、まるで季節外れの蛍火。

儚く悲しい光景を、桃矢は夢の中にいる気分で眺めた。

最後の蛍が天へ昇り終えるのを見届けて、ようやく現実に立ち戻る。強張っていた体から力が抜け、その場に膝をついた。

「ありがとうございます。あなたのお陰で――」

桃矢が声を掛けたときには、すでに鬼倒隊の隊服を着た鬼の姿はなかった。周囲を見回すが、件の鬼も、人の姿も見当たらない。

「彼はいったい？　やはり、誰かと契約していたのだろうか？」

血筋を遡れば、大河の血を引く者は大勢いる。直系に限らず受け継がれる力ならば、鬼と血を交わせるのは桃矢だけではなかろう。

けれど先程の鬼は、咲良と違い鬼の姿のままだった。ならば人と血を交わしたわけではなく、ただの鬼なのかもしれないと考えて、桃矢は眉をひそめる。

掌に残る生々しい感触に、忌諱感を抱いた。

人を襲うどころか護る鬼がいるのなら、鬼というだけで討伐するのは本当に正しい行いなのか。そんな疑念が生じてしまう。

「何を考えている？　鬼は倒さねばならない存在だ」

大河家に生まれた彼女にとって、鬼を討つは宿命。

頭を振って迷いを捨てると、桃矢は今に意識を戻す。

「松山君、君を襲ったのは、先程討った鬼であっているかい？」

「え？」

素っ頓狂な声が茂みから返ってくる。

「見ていなかったのか？　大切なことだ。よく思い出してくれ」

蹲っていた松山が、おそるおそる顔を上げた。

「鬼は？」

「討ったよ。それより、質問に答えてくれ」

「君が？」

驚愕の声を上げて、まじまじと桃矢を凝視する。

どうやら彼は蹲ったままで、何も見ていなかったらしい。そうと察した桃矢は、鬼倒隊の隊服を着た鬼のことは黙っておくことに決めた。

助けてくれたのだと説明しても、鬼は鬼と認識されるに違いない。陸軍の軍人たちの耳に入れれば、彼を討とうとする可能性もある。

相手が鬼であろうと、恩を仇で返す気にはなれなかった。

「軍人さんたちが鬼に手傷を負わせていたのだろう？　かなり動きが鈍っていたから、僕でもなんとかかね。運がよかったんだよ」

手柄を奪う形になって心苦しいが、きっとあの隊服を着た鬼も騒ぎに巻き込まれることは望んでいないだろうと、桃矢は自分の行いに折り合いを付ける。

「それでも凄いよ。僕は何もできなかった」

松山は泣き笑いの顔で桃矢を称賛した。しかしすぐに、桃矢の視線から逃げるように顔を背ける。握りしめた拳も肩も震えていて、悲愴感が漂っていた。

桃矢は息を吐き、肩を竦める。

「もう一度聞く。君を傷付けたのは、先程の鬼かい？」

少しばかり語気を強め、答えを促した。

この件だけは、確かめなければならない。

「なぜ、そんなことを聞くんだい？　ああ、他にも鬼がいないか確認したいのか。僕が見たのは一匹だけだよ。だけどまだ出てくるかもしれないから、早く野営地に帰ったほうがいいのではないかな？」

　噛み合わない答え。

　鬼倒隊どころか軍とさえ関わりの薄い公家系の血筋だ。知らぬのも仕方ないかと、桃矢は説明をする。

「鬼に傷付けられた人が全て鬼となるわけではない。鬼と化す前に傷を負わせた鬼を御神刀で討てば、鬼化は止められる」

　松山が勢いよく顔を上げた。見開いた目で、桃矢を凝視する。その瞳の中では疑いと不安、そして希望が渦を巻いていた。

　しばらくして、彼がはっと息を呑んだ。桃矢の家柄を思い出したのだろう。代々鬼討伐を生業としてきた大河家の長子。

　松山は生気を取り戻した顔で、きょろきょろと忙しく辺りを見回し、鬼を探し始める。

「もう浄化したよ。残っているのは、そこにある着物だけだ」

　鬼の肉体は御神刀により滅し、身につけていたものだけが残っていた。

　松山は桃矢が示した地面に残された着物を、飛びつくようにして手に取る。しげしげと真剣な顔で確かめていたが、次第に手から力が抜けていき、肩を落とした。

「分からない。金色の眼をしていて、狼のような尖った牙が生えていたのは憶えているけれど」

鬼の眼は総じて金色に変わる。牙もまた、鬼の特徴の一つ。個体を判別する手掛かりにはならない。

「とりあえず、野営地に戻ろう。松山君が言った通り、いつまでもここにいては危険だからね」

桃矢の言葉を聞いた松山が、肩をびくりと震わせて振り向いた。その顔は気の毒なほどに真っ青になっていて、強張り歪んでいる。

「軍人さんに見つかったら、殺されないだろうか？」

縋る声と眼差しに、桃矢は頭を悩ませた。

鬼に傷を負わされた者には、鬼と化して周囲に危険を及ぼさないためにも申告する義務がある。

もしも同行しているのが鬼倒隊であれば、桃矢は松山の怪我と悪鬼を討ったことを正直に報告しただろう。鬼倒隊の隊服を着た鬼のことは隠して。

けれど同行しているのは陸軍だ。鬼についてどこまで知っているか分からない。まして、まだ子供である桃矢が悪鬼を討ったと報告しても、信じてくれるだろうか。

だからといって隠すのも問題があった。

もしも他にも鬼がいて、松山を傷付けたのが別の鬼だったなら、彼はいずれ鬼と化す。そうなれば彼の周囲の人を危険に晒すことになるのだから。

桃矢は最善と思われる道を探す。

松山を生かし、彼の周囲も傷付けない方法を。

「幾つか約束してほしい」

「分かった。助かるのならなんでもする」

涙を浮かべた真剣な眼差しが裏切るとは、桃矢には思えなかった。松山の性格を知っているから余計に、信じても大丈夫だと感じる。

もしかすると、一度見捨てると決めた罪悪感が、影響を与えていたのかもしれないけれど。

真っ直ぐに松山の目を見返して、考えた策を伝える。

「君の家には、牢があるかい？　できれば地下牢がいいけれど」

真面目な顔で傾聴していた松山が、ぎゅっと眉を寄せて戸惑いの表情を見せた。

桃矢は説明を加える。

「鬼化するとしても、今日明日というわけではない。家に戻るまでは問題ないだろう。だけど僕が討った鬼が君を傷付けた鬼だった確証がない以上、そのまま暮らしているうちに鬼化して、ご家族や周囲の人を危険に晒すかもしれない。だから、安全が確認されるまで牢に入っておくんだ」

松山の緩みかけていた緊張が、瞬く間に彼を縛り直した。口を一文字に結び、桃矢の言葉を一言たりとも聞き逃さぬよう、全神経を集中させる。

「十日経っても鬼にならなければ、君は人のまま生きられる。その間は修学旅行の疲れが出たとでも言って、学問院は休むことだ」

松山がごくりと咽を鳴らして頷いた。

「あるよ。昔使われていた牢が残っている」

華族が暮らす住居の多くは、かつて大名や旗本が使っていた屋敷跡を利用している。罪人を捕えておくための牢が残っている屋敷は珍しくない。

桃矢は頷き返して説明を続けた。

「鬼を隠したり逃したりするのは重罪だ。最悪の事態だけは避けてみせるから、ご家族のためにも逃げようとは考えないでくれ」

もしも松山が鬼と化しても、桃矢なら救うことができる。今はその方法まで伝える危険は冒せないけれど。

「大河君を信じるよ」

「今後は万が一にも誰かに傷を負わせないよう、慎重に行動してほしい。鬼化する前でも、傷を負わせれば巻き込むことになるから」

「分かった。気を付ける」

松山の瞳に宿っていた恐怖は、いつの間にか覚悟の光に変わっていた。

「君は銃声に驚いて、斜面を転がり落ちたことにする。怪我はそのときに負ったものだ。鬼の姿は見ていない」

しっかりと頷いた松山に、桃矢は手を差し出す。

「戻ろう。きっと大丈夫だから」

松山は何度も桃矢の顔と手を交互に見る。そして、ためらいながら手を取って立ち上がった。

「ありがとう」

大粒の涙が、すでに濡れていた彼の頬を更に濡らしていく。

桃矢は苦笑しつつも、松山の傷に応急処置を施してから、野営地に戻るため斜面を登った。

「そうだ。もしかしたら僕は怒られるかもしれないけれど、気にしなくていいから。というより、松山君は知らないふりをして離れていて」

「そんな⁉　僕のせいなのだろう？　僕からも弁明するよ」

松山が申し出たけれど、桃矢は首を横に振って拒んだ。

「気持ちだけ受け取っておくよ。万が一にも君が殴られて、その拍子に怪我人が出たら大変だからね」

桃矢が言わんとしていることを理解した松山は、口をつぐむ。

「この恩は、一生忘れない」

「その言葉は、十日後にお願いできるかな？　ああ、申し訳ないけれど、ご家族への言伝も返しておくよ」

「……ありがとう」

　生きられるのだと、ようやく実感が湧いてきたのだろう。松山の声は震えていた。

　桃矢と松山は木立を抜け、無事に野営地へ辿り着く。軍人たちがまだ警戒態勢を取っている中を、二人で身を潜めて班の天幕へ戻った。

「大河君！　松山君！　無事だったか！　遅いから心配したぞ」

　中へ入るなり、乾と瀬崎が感極まった様子で二人を出迎える。瀬崎に至っては目尻に涙が光っていた。口は悪いが根はいい奴なのだ。

「斜面で足が滑ったらしくて、かなり下まで転げ落ちていたんだ。怪我をしているから、薬と包帯を持っていたら貸してくれないか？」

「分かった」

　瀬崎が荷物の中から取り出して差し出す。

　桃矢は松山の腕に巻いた手拭いを外すと、消毒をして清潔な包帯で巻き直した。

「先生は一緒ではないのか？」

「途中で軍人さんに戻るよう命じられて、先生たちの天幕までは行けなかった」

　桃矢の言葉を聞いて、三人の眉がぎゅっと寄る。

　軍人の命令を無視するのは、たとえ華族の子息といえども問題行動だ。知られれば罰を受けかねない。

「先生に怒られるということではなかったのか？　軍人さんに叱られるのか？」

　戻ってくる途中の会話を思い出したのだろう。松山が申し訳なそうに桃矢を見る。

「だったら、大河君は軍人さんの指示に従って、すぐに引き返してきたことにすればいい。恥ずかしい話だが、僕と瀬崎君は天幕の中で待機していただけだ。口裏を合わせよう。このくらいはさせてくれ」

　乾の言葉に、瀬崎も大きく頷いて同意した。

「ありがとう」

　また一つ、大きな隠し事を作ってしまったというのに、彼らは桃矢を友として扱ってくれるのだ。

　嬉しさが込み上げてきて、胸をくすぐる。そして同時に、後ろめたい気持ちが胸を締め付けた。


　悪鬼の襲撃を受けた翌朝。

生徒たちは襲撃の余韻を残したまま、緊張した様子で下山した。

すでに悪鬼が討伐済みなのは、桃矢と松山のみが知ること。日中は鬼が襲ってくることはないと知識としては知っていても、安心できるものではない。自然と早足となり、昼を過ぎた頃に山を下り終える。

「何事もなくてよかったな」

ようやく人の領域に戻ってきたのだと、誰もがほっと胸を撫で下ろす。

今夜は旅館で一泊し、翌日は汽車で帝都駅まで戻る予定だ。

「旅館に着いたらどうする？　松山君は怪我をしているし、休むか？」

本来ならば、旅館に荷を置いてから街に繰り出し、土産などを買う予定だった。けれど昨夜の騒ぎで、生徒たちはほとんど寝ていない。三日続けて歩き回ったこともあり、街へは出ずに旅館で休もうと相談する班もある。

桃矢たちの視線は松山に向かった。

乾と瀬崎の協力で、騒ぎになることも叱(しか)られることもなかったけれど、怪我をしている。そして見るからに顔色が悪い。

三人の視線を受けた松山は、怯(おび)えを滲(にじ)ませた目を彷徨(さまよ)わせた。

「街へ行こう。家族に土産を買って帰りたい」

彼らしくない元気のない声。事情を知る桃矢はもちろん、乾と瀬崎も心配そうに松山を見る。

「やっぱり何か変なものを食べて、腹の調子が悪いのではないか？　僕が渡した薬はちゃんと飲んだのだろうな？」

「ああ。ありがとう。お腹の調子は大丈夫だよ」

瀬崎に詰め寄られた松山が、後退りながら答えた。

「では荷物を置いたら街へ出て、早めに戻ろう。体調が悪くなったらすぐに言うといい」

乾が意見をまとめ、三人は頷く。

旅館の部屋に荷を下ろした四人は、一休みしてから街へ出た。

いつもなら香りに誘われて食べ物を見て回る松山だけど、今日は真剣な表情で土産物を吟味している。

桃矢が悪鬼を討ちはしたものの、本当に人のままでいられるか確信が持てないのだろう。せめて家族へ最後の贈り物をと考えているのかもしれない。

どうかあの悪鬼が松山を傷付けた鬼であるようにと、桃矢は密やかに祈る。そして助けてくれた鬼倒隊の隊服を着た鬼を思い出す。

夜の暗闇。顔はほとんど見えなかった。

だというのに、なぜかずっと傍にいたかのような安心感を覚えたのだ。

「また会えるだろうか？」

帝都から離れた地。もう訪れることはないだろう。ならば会うこともあるまい。そう結論付けるなり、心が落ち込む。

桃矢は頭を振って邪念を祓った。

気持ちを切り替えて土産物に意識を向けた桃矢は、店先に並ぶ手拭いに目を奪われる。

鮮やかな撫子色で染められた、牡丹の花と揚羽蝶。大柄な模様だけに、牡丹も揚羽蝶も繊細に描かれ、一枚の絵画を思わせた。

これから秋が深まり冬が来る。季節外れと理解しつつも、魅入られたかのように目を逸らせない。

ふらりと足が向き、手が伸びた。

「大河君？」

乾に声を掛けられて、はっと手を止める。

店には男が持っていても違和感のない手拭いもあるけれど、桃矢が手に取ろうとしたのは、どう見ても女物。

訝しげに向けられた視線に、冷や汗を掻く。

「お世話になっている方のお孫さんに、土産を買って帰ると約束したのだ。女性は花や蝶が好きだと聞くけれど、趣味が悪いだろうか？」

変に思われなかったかと不安を覚えつつ、桃矢は平静を装って問い掛けた。

嘘は言っていない。幼い頃から世話になっている西次郎の孫である咲良と、約束したのだから。

しかし桃矢がその手拭いに目を奪われたのは、彼女自身の感性によるもの。少女としての意識が、可憐な図案と色合いに惹かれてしまった。

巧く誤魔化せただろうかと、緊張する桃矢の手が汗で滲む。

ついと、乾が横に並んだ。桃矢の心の臓が、どくどくと跳ねる。

「いいのではないか？　僕も女性の趣味には詳しくないから、喜んでくれると断言はできないけれど」

どうやら彼は桃矢の本心など、全く気付いていないらしい。桃矢を男だと思っているのだから当然か。

内心で安堵の息を吐いた桃矢は、平常心を取り戻す。

「ありがとう。僕個人としては、こちらのほうが好みなのだが」

とっさに指差したのは、濃藍色で染められた龍の柄。

男子が好みそうではあるが、彼女の趣味ではない。偽りが棘となり、心にちくりと刺さる。

「それなら僕は、こちらかな」

乾も好みの柄を選び指差した。鋭い目で睨み付けながら勇壮に羽ばたく、柿渋色の鷹。

桃矢は自分の心を隠すように、数枚の手拭いを買い求める。

そして旅館に戻り、皆が寝静まった頃。誰にも見つからぬよう、そろりと部屋を抜け出した。

昨夜の出来事を簡単に綴り、鶴を折って夜空に飛ばす。宛先は酉次郎だ。

彼を巻き込むことに罪悪感を覚えたけれど、自分だけでは対処しきれないかもしれない。知識と経験が豊富な酉次郎に助力を頼むのが賢明だと判断してのこと。

飛んでいく鶴符を見送ってから部屋に戻ろうとした桃矢は、庭に人影を見た。目を凝らすと、松山が幽鬼のような足取りで池のほうへ向かっている。

そっとしておくべきか迷ったが、酉次郎のことを話しておいたほうがいいだろうと、桃矢も外に出た。

「やあ。一緒してもいいかい？」

松山の肩がびくりと揺れる。警戒しているのか振り向きもせず立ち尽くした。

声を掛けたのは正解だったかもしれないと、桃矢は思う。近くで見ると、松山は池に身投げしそうなほど憔悴していた。

「すまない。驚かせてしまったか。大河だ」

桃矢だと気付いた松山の肩から力が抜ける。

「構わない。僕も大河君と話したかったから」

背を向けたままの彼から、震える声が返ってきた。

秘密を共有する者。そして、鬼に関しての知識を有する者。

不安に怯える彼にとって、桃矢は天から垂らされた蜘蛛の糸だ。拒絶する理由などありはしない。

「その怪我のことだけど、知り合いの医者に診てもらえるよう鶴符を飛ばした」

松山の体が強張るのを見た桃矢は、即座に言葉を足す。

「大丈夫。信頼できる人だ。きっと助けになってくれるよ」

見た限り、周囲には誰もいない。三日間の疲れに悪鬼騒動の緊張まで加わって、皆、ぐっすり眠っていた。

それでも念のため、桃矢は曖昧な言葉を選ぶ。

松山は池を見下ろしたまま答えない。

しばらくその背中を見つめていた桃矢だけれども、視線を切って空を見上げた。

どこまでも深く暗い空。浮かぶ月には雲が掛かる。

「僕も子供の頃、君と同じ目に遭った」

危険と分かっていながら、口が動く。落ち込む松山を見ていられなかったのだ。

やっと松山が振り返った。

信じられないとばかりに丸く開いた目に微(かす)かな希望を灯し、桃矢を凝視する。

「大丈夫、だったのか？」

「ご覧の通りさ」

桃矢はわざと剽軽(ひょうきん)に肩を竦(すく)めた。

「さっき話したお医者様が助けてくれたんだ。だからきっと、松山君も大丈夫だよ」

大河の血筋である桃矢と、松山では状況が異なる。

分かっていても元気付けたくて。桃矢は慰めの言葉を紡(つむ)ぐ。

松山の目元にみるみる涙が滲(にじ)み、零れ落ちた。袖で拭(ぬぐ)っても拭っても、止めどなく流れる。

桃矢は手拭いを差し出し、黙って彼が落ち着くのを待った。

秋の虫が、涼やかな音を奏でる。月を覆った雲が流れゆき、月光が池を照らした。

「大河君を信じるよ」

手拭いの下から漏れ出た、くぐもった声。

少しは心を軽くできただろうかと、桃矢は友の背を見つめる。

「ありがとう。夜は冷える。もう戻ろう？」

「先に戻ってくれ」

「……分かった」

桃矢は松山の腕を軽く叩き、旅館に戻った。


朝になって桃矢が目を覚ますと、枕元に鶴符があった。

西次郎からの返信だと察した桃矢は、それを持って手洗いに向かう。人目がないことを確かめてから個室に入り、中を見る。

西次郎からの手紙には、松山自身が家族に事情を話すのは控えてほしいと綴られていた。その上で、家に戻ったら体調不良を訴えて部屋に引きこもること。西次郎を松山邸に招くようにと続く。

鬼の知識が乏しい者が伝えても巧く伝わらず、却って混乱を招きかねないと憂慮してのことだろう。

桃矢は手紙を細かく裂いて肥溜めに落とした。それから何食わぬ顔で部屋に戻る。

広間での朝食を済ますと、松山に声を掛けた。

「松山君、少しいいかい？」

生徒たちから自分を遠ざけたいという桃矢の意図を察した松山は、素直に従ってついてくる。

「昨夜話した医者の先生から、ご家族に君からは事情を話さないでほしいと連絡があった。それと、松山君のお宅に伺いたいと」

「それなら今日！　あ、お忙しいのなら明日でも」

松山が弾かれたように、切羽詰まった顔をがばりと向ける。しかしすぐに、西次郎に対して無理を言った無作法と大声を出したことに気が付いて、誰かに聞かれなかったか確かめながら声を潜めて言い直した。

桃矢は前のめりになる松山に一瞬だけ目を瞠る。だが彼の気持ちは痛いほど理解できたので、表情を緩めて頷いた。

「先生も、できれば今日にもと書かれていたから、伝えておくよ。松山君も家のほうに、橘内というお医者様が訪問することを伝えておいてくれるかい？」

「よければ橘内先生の住所を教えてもらえるかい？　家に連絡して迎えに行かせるから」

「そうしてくれると助かるよ。もうお年でね。遠出はお辛いみたいだから」

桃矢と松山はそれぞれに鶴符を飛ばす。

青い空に飛び立つ鶴符を見送ってから、宿の部屋へ戻った。


帝都駅に着いた生徒たちは、それぞれの家路へと別れていった。桃矢は松山と共に、彼の家に向かう。

門を潜った先には整えられた洋風の庭が広がり、白い洋館と和風家屋が並び立つ。

玄関前まで行くと、松山の母、由美が出迎えた。

「お帰りなさい、申彦さん」

笑顔で出迎えた彼女は、松山の顔を見るなり表情を曇らせる。

「どこか具合でも悪いの？　酷い顔色よ？」

「疲れたみたいです。それに少し怪我をしてしまって」

「まあ！　それでお医者様がいらっしゃったのね。怪我は酷いの？　痛くない？　歩いて大丈夫なの？」

顔を青ざめさせてよろめく由美は、どこから見ても子を案じる母親だ。

母子のやり取りを傍観していた桃矢の心が、熟しきった柿のように崩れていく。

松山が置かれた状況を考えれば、決して羨む場面ではない。そうと分かっているのに、羨ましいと妬んでしまう。

たとえ桃矢が瀕死の重傷を負ったとしても、父母は彼女の身を案じてはくれないだろうから。

「大丈夫ですよ、お母様。軽い傷です。でも心配して、学友の大河君が送ってくれました」

松山の紹介を受けて、由美の視線が桃矢に向かった。

桃矢は姿勢を改める。

「初めまして。大河桃矢と申します。中彦君とは同じ班で仲良くさせていただいています」

「わざわざ息子を送っていただきありがとうございます。どうぞお上がりになって」

「ありがとうございます」

桃矢は洋館に通された。

松山は母に労(いた)わられながら、和風家屋のほうへ荷物を置きに行く。

慣れない洋館に足を踏み入れた桃矢は、奥へ案内された。重厚な木製の扉の先にある応接室には先客がいる。西次郎と咲良だ。

テーブルを挟んで置かれたソファの一方に、西次郎と咲良が座り、もう一方には松山子爵が俯(うつむ)いて座っていた。

久しぶりに会えて嬉しかったのだろう。桃矢を目にした咲良が、ふわりと花のような笑みを浮かべる。

落ち込む松山子爵の前でも感情に素直な咲良に内心で苦笑しながら、桃矢は子爵に体を向けた。

「初めまして。中彦君の学友の大河桃矢と申します」

桃矢の挨拶を受けて、松山子爵がゆっくりと顔を上げる。

西次郎から説明を聞いたのだろう。顔色は青白く、憔悴しきっていた。

「ああ。……ああ、息子が世話になったそうだね。まずは座ってくれ」

松山子爵に席を勧められ、桃矢は西次郎の隣に腰を下ろす。

咲良が残念そうな顔をしたけれど、年頃の男女だ。人前で隣り合って座るわけにはいかない。

桃矢の前にも紅茶とマドレーヌが運ばれてきた。すぐに人払いがされ、部屋には四人が残される。

足音が遠ざかってから、桃矢は確認のために西次郎へ目を向けた。

「子爵様には説明を終えています」

桃矢の視線の意味を察した西次郎が、手短に応じる。

首肯した桃矢は、松山子爵に意識を戻した。

「松山君が鬼化する可能性は低いと判断し、このような対応をいたしました。勝手なことをして、申し訳ありません」

悪鬼に襲われた場合は国への報告義務がある。それを故意に怠ったのだ。露見すれば桃矢だけでなく、松山家にも累が及ぶ。

深く頭を下げる桃矢に対して、松山子爵は首を横に振った。

「大河君が謝ることではないよ。むしろ感謝している。申彦を傷付けた悪鬼を討伐してくれたことはもちろんだが、学問院や軍への報告を控えてくれたことも。……もしもその場で報告していたら、申彦とはもう会えなかったかもしれないのだから」

息を呑んだ松山子爵が立ち上がる。それから深く腰を折って頭を下げた。

「息子を私たちのもとへ帰してくれて、ありがとう」

桃矢はぐっと奥歯を噛みしめる。

親から愛されている松山への嫉妬。悪鬼と遭遇した恐怖。そして、初めて奪った命の重み。

松山子爵から贈られた感謝の言葉が鍵となり、閉じ込めたはずの様々な感情が桃矢の中で暴れていた。気を緩めれば、それらの感情が涙となって溢れ出しそうだ。

情報の共有を終えた桃矢たちは、松山子爵に案内され、松山の部屋へ向かう。

そこでは、松山と由美夫人が待っていた。体調を心配する母親に、松山は優しく答えながら土産を渡す。

「由美、外してくれ」

松山子爵の言葉に、由美は訝しげな表情を見せた。しかし心得た様子で一礼すると、静かに部屋を出る。

室内に緊張が漂う。

居住まいを正した松山が、西次郎に縋る眼差しを向けた。

その熱いほどに真剣な視線を受けて、まずは西次郎が口を開く。

「状況から、ご子息が鬼化する可能性は極めて低いでしょう。念のため、部屋に鬼縛符を貼らせていただきます。こちらは鬼の動きを縛るもので、御符の一枚に神力を込めることで発動いたします」

淡々と説明しながら、西次郎は用意してきた鬼縛符を部屋の四隅に貼った。そして予備の鬼縛符を松山子爵に渡す。

「万が一の際は、部屋の前でこちらの御符に神力を流してください。子爵様でしたら、お一人でも問題なく使えますでしょう」

震える手で鬼縛符を受け取った松山子爵が、神妙な顔で頷く。

「分かった。……しかし、本当に倅は大丈夫なのだろうか？」

「断言はできません。ですがご子息に傷を負わせた鬼が、御神刀により滅されているのであれば、問題はありません。鬼に傷を負わされた者が例外なく鬼と化すならば、鬼倒隊は維持できませんよ」

不安を拭い切れぬ松山父子に、西次郎は穏やかに説明を重ねた。

桃矢が来る前にも聞いていたであろう内容。それでも噛みしめるように咀嚼する子爵の眼差しは、松山を捉え続けている。

息子の身を案じる慈愛の眼差しで。

桃矢は見ていられなくて、目を逸らした。

ふわりと左腕に温もりを感じる。視線を向けると咲良が隣に来ていた。

二人の仲を知らぬ松山父子の前だ。さすがに手を繋ぎはしない。それでも咲良が隣にいてくれるだけで、桃矢の心は軽くなっていく。

強張っていた顔に、余裕が戻ってきた。

「――では、安全が確認されるまで、橘内先生には当家に滞在していただくということでよろしいか？」

「承知いたしました」

大人たちの話がまとまって、桃矢たちは松山の部屋から出る。

「大丈夫。心配いらないよ」

去り際、桃矢は不安そうにしている松山の肩を優しく叩いた。

「ありが、とう」

力なく顔を上げた松山が、何かを見てびくりと怯える。

桃矢は不思議に思い、その視線の先を追った。すると、穏やかな笑みを浮かべた咲良と目が合う。

もう一度、桃矢は松山を見る。

彼は気まずそうに、桃矢と咲良から視線を逸らしていた。

その仕草を見て桃矢は納得する。

麗しい咲良を目にして、男子である松山が何も感じないはずがないと。

松山は子爵家の長男。性格は穏やかで、将来妻となる女性を大切にするだろうと予測が付く。嫁ぎ先として優良な人物だ。

松山と結ばれたなら、きっと咲良は幸せになれるだろう。だから、二人の間に恋慕の情が芽生えたのなら、喜んで祝福すればいい。

瞬時にそこまで思考を廻らせ微笑ましく思いかけた桃矢から、表情が抜け落ちる。

無意識に松山を冷たい眼差しで見つめるその心は、黒く澱んだ粘液でずぶずぶと覆われていった。

咲良の幸せを誰よりも願っているのに。咲良を奪われることを想像しただけで、桃矢の心は闇に呑まれていく。

その理由に、桃矢は気付かない。――否、彼女は理解を拒んでいた。

「うちの馬車を出そう」

松山子爵の声で、桃矢の堕ちていく意識が今へと浮上する。

「ありがとうございます」

桃矢は松山子爵の言葉に甘え、咲良と共に松山家の馬車で家路に着くことにした。

かたかたと揺れる馬車の中。桃矢は咲良と並んで座る。

松山邸を出るときは向かい合っていたはずなのに、見送る人たちが見えなくなると、咲良が隣に移動してきたのだ。

「咲良、お土産」

せっかくだからと、桃矢は修学旅行で買った数枚の手拭い（てぬぐい）を差し出す。その中には桃矢が目を奪われた、あの手拭いが含まれていた。

鮮やかな撫子色（なでしこいろ）を用い（もち）た注染（ちゅうせん）の、牡丹（ぼたん）の花と揚羽蝶（あげはちょう）。

もしも咲良が蝶ならば、牡丹ではなく桃の花にだけ止まってほしい。そんな欲望が、桃矢の心の底にじわりと滲（にじ）んだ。

「まあ、綺麗。ありがとうございます」

受け取った咲良は、手拭いを一枚一枚、手に取って眺める。

描かれた模様は、花が咲き乱れた御所解（ごしょどき）模様や今風の薔薇（ばら）といった華やかなものから縁起のよさそうな富士など、様々だ。

「富士と松の柄は、お爺様へですね？」

「ああ。いつまでもご健勝でいらっしゃるようにね」

「ありがとうございます。お爺様もお喜びになりますわ」

咲良は手拭いを両手で抱え、胸元に押し当てる。嬉しさを隠さぬ笑顔に、釣られて桃矢も表情を綻ばせた。

「あら？　桃矢様、お汗が」

そう言った咲良が、手拭いを桃矢の首筋に宛がう。そしてそれを桃矢の手に握らせた。

桃矢が一目惚れした、撫子色の牡丹と揚羽蝶の手拭いを。

「お返しくださるのは、いつになっても構いません。咲良はいつまでだって待っていますもの」

それは、返さなくてもいいと言っているのも同じで。だけど誰かに見つかれば、咲良に借りたのだと言い訳が立つやり取りで。

手拭いを挟んで、咲良の指が桃矢の指に絡まる。

「咲良」

桃矢の顔が、くしゃりと泣き笑いに歪む。

どうして見抜かれたのか。何枚も買ってきた中から、どうしてこの一枚だけを正確に当ててみせたのか。

桃矢の全てを見通し、そして願いを叶えてくれる少女。

絡む指を、桃矢は握り返す。

いつか咲良が飛び立つのなら、桃矢は笑顔で送り出すつもりだ。

だけど、この優しい手を素直に放せるのだろうか。

桃矢の胸が、ずくりと痛んだ。


桃矢が修学旅行から戻ってきた日の翌朝のことだ。

荷物をまとめた咲良が、迎えの馬車に乗って松山邸を訪れた。

子息を心配する松山子爵たっての頼みで、酉次郎は十日ほど松山邸に泊まり込むこととなったのだ。

その際に、年頃の娘が一人で何日も留守番するのは危ないと、松山子爵から咲良も滞在するよう勧められた。

咲良は断ろうとしたが、巧(うま)い断り文句が見つからず押し切られる。

温厚そうに見えても、松山子爵は財界で活躍するご仁だ。青二才(あおにさい)が論破できる相手ではない。

「やっと桃矢様が戻ってきたというのに」

用意された客間で酉次郎と二人きりになるなり、咲良が溜まった鬱憤(うっぷん)を晴らすように文句を垂れた。

「こっそりついていった奴が、何を言っているか」

「遠くから見ているだけで、我慢などできましょうか。ここでは人目があって、桃矢様が訪ねてこられたとしても何もできませんし」

可憐（かれん）な外見とは裏腹に積極的な孫に、西次郎は太い溜め息を漏らす。

いったい桃矢は、いつになったらこの孫の本性に気付くのか。

幸いにも、咲良は桃矢に針の先程の傷さえ与えるつもりはない。故（ゆえ）に桃矢の無事は保障されている。

だが、いつ孫が彼女の周囲の人に牙を剥（む）くかと、西次郎は気が気ではなかった。

「それにあのご令息。私の知らぬ桃矢様を知っているのですよ。私がお傍（そば）にいられない時間に桃矢様とご一緒できるなど、許せるものではない」

声が低くなっていくと共に、いつもは黒い瞳が金色を帯（お）びていく。

松山は桃矢の学友なのだから仕方あるまいと宥（なだ）めたい西次郎だが、そんな当たり前の道理さえ、桃矢が関われば咲良には通じなくなると知っている。

だから黙って用意されていたお茶を啜（すす）った。

豊かな風味と品のある仄（ほの）かな甘味が、口中を潤（うるお）す。橘内家では飲むことのない、高級な玉露（ぎょくろ）だ。

紅茶を好まぬ西次郎のために松山子爵が用意してくれたものだが、渋いお茶に慣れている西次郎は物足りなく感じる。

「しかも先日の修学旅行では、同じ部屋で、同じ天幕で、桃矢様と添い寝まで。八つ裂きにしてやりたい気持ちを抑えるのに、どれだけ苦労したか」

目を怒らせる咲良の指の爪が、これで咽を掻き切らんとばかりに伸びていた。

横目で見た西次郎は、呆れを覚える。

同室というだけで、添い寝をしたわけではなかろう。

とはいえ、無粋な指摘をして八つ当たりをされては敵わぬ。

西次郎は静かにお茶を啜った。

孫の言葉を聞いていると、嫌な懸念が浮かんでくる。確かめておいたほうがいいだろうと、嫌々ながら口を開いた。

「松山子爵様のご子息に傷を負わせたのは、桃矢様が浄化した鬼で間違いないのだろうな？」

まさかとは思うが、咲良が松山申彦を排除しようと一計を案じた可能性がなくもない。

だがその懸念は、すぐに呆れた顔を見せる本人によって否定された。

「もちろんですよ。桃矢様はお優しいですから、ご学友が鬼と化せば、血を交わして使鬼にしかねません。……私以外の鬼と桃矢様が契りを交わすなど、受け入れられるものか」

「ならばいい」

理由はともあれ、松山申彦の未来が閉ざされることだけは避けられたのだから。

西次郎は添えられていたチョコレートを摘んだ。

見慣れぬ菓子は舌の上で溶けたかと思えば、咽に流れることなくしがみ付く。そして甘味の中に焦げたような苦味が混じる珍妙な味を、いつまでも口中に残した。

「似てはいるが、羊羹のほうがいいのう」

桃矢が橘内家に持参する土産や咲良が作る洋食で慣れたと思っていた西次郎だったが、西洋かぶれの松山邸で供される食事は、一筋縄ではいかなかったみたいだ。


桃矢たちが修学旅行から戻った十日後。

久しぶりに松山が華族学問院に登校した。修学旅行の疲れで体調を崩したと伝えられていた生徒たちは、彼の復帰を祝う。

「松山君。元気になってよかったよ」

憔悴していた松山を知る桃矢は、以前の笑顔を取り戻した彼の快気を喜んだ。

「ありがとう。少し痩せてしまったけどね。父と母が、改めて大河君にお礼を伝えたいと言っていたから、よかったら今度の休みに家へ来ないかい？」

「気持ちだけで充分だよ。大したことをしたわけではないから」

松山子爵には他言しないよう頼んでおいたが、松山には幼い妹もいる。松山邸に出入りすることで桃矢の話題が外部に広まるのは避けたかった。

「そうかい？　大河君は謙虚だな。ところで、橘内先生のお孫さんと大河君は、親しいのか？」

どくりと、桃矢の胸が不協和音を立てる。

咲良は西次郎と共に、松山邸に何日も滞在していたのだ。松山が咲良に惹かれてしまうのは仕方がない。予想できていたこと。

そう思うけれども、松山から咲良への想いなど聞きたくなくて。でも確かめたくて。

桃矢は強張った唇をぎこちなく動かす。

「幼馴染みたいなものだからね。もしかして、懸想したのかい？」

松山はいったいなんと答えるのか。

聞き逃さぬようにと耳をそばだてているのに、鼓動の音が煩く邪魔をする。

「綺麗な娘さんだとは思うけれど、僕の好みではないかな？」

思ってもみなかった答え。

「なぜだい？　咲良より可愛くて優しい子はいないだろう？　咲良に惚れないなんて、松山君は特殊な性癖の持ち主なのか？」

桃矢は驚愕し、弾かれたように松山に詰め寄った。

彼は瞠った目を数度瞬く。それから引きつったような苦笑を浮かべた。

「酷い言われようだな。でも彼女、綺麗だけどちょっと冷たいというか、恐い雰囲気があるだろう？」

「どこが？」

松山の弁明に、桃矢はきょとんとして問い返す。

桃矢が知る咲良は、いつも朗らかで、どこまでも優しい少女だ。冷たいとも怖いとも、あの地下牢で出会った日を除けば、一度だって思ったことはない。

「料理だって巧いし」

「そこは惹かれるけど」

松山がぽろりと零した言葉を拾い、桃矢は無意識に睨み付けて威嚇する。

慌てて松山が両手を上げて降参の意思を示した。

「誤解しないでくれ。恩人である大河君の想い人に、懸想なんてしないから」

「想い人？　咲良とはそんな関係ではない」

「違うのか？　だったら他の男が彼女と結婚しても」

桃矢の目が再びぎろりと松山を睨み付ける。怒りを通り越して凄みを増したその表情に、松山は震え上がった。

「たとえばの話だから！　……もしかして大河君、自分の気持ちに気付いていないのかい？」

「なんのことだい？」

不機嫌さが滲み出ている桃矢の声に、松山が呆れ混じりに苦笑する。

「まあ、恋愛結婚ができるとは限らないからね。僕も君も長男だし」

「君の言っていることは意味が分からないけれど、咲良は僕にとって誰より大切な子だ。彼女が幸せになることが、僕の一番の願いだよ」

だからこそ、桃矢は咲良に素敵な人と巡り合ってほしいと思うのだ。

その気持ちは本物で。それなのに、想像するたび、桃矢の心は締め付けられるように痛む。

「咲良さんに同情するよ」

松山が訳知り顔で苦笑を零す。

なんとなく不快感を覚えた桃矢は、彼の足を軽く踏んでやった。


週末になると、桃矢は久しぶりに橘内家を訪れた。修学旅行から戻ったと思えば西次郎と咲良が松山邸に滞在したため、足を運ぶことがなかったのだ。

「桃矢様！　やっとお会いできましたね」

咲良が満面の笑みで出迎える。

「面倒に巻き込んですまなかったね」

「お気になさらないでください。それより、新しい料理を覚えたのです。今日はぜひ、お昼を食べていってくださいね」

「分かった。楽しみにしている」

どうやら咲良は松山邸にお邪魔している間に、厨房のほうへも出入りさせてもらっていたらしい。

意気込む咲良を微笑(ほほえ)ましく思いながら、桃矢は居間へ向かう。西次郎の正面に座ると、膝前に手をついて丁寧に礼を取った。

「このたびはご尽力いただき、ありがとうございました」

泊まり掛けで松山の様子を看(み)てくれたこと。その前にも相談に乗ってくれたこと。いずれも一歩間違えれば、西次郎まで巻き込んで罪に問われたかもしれない危険な行動だ。

けれど西次郎は嫌な顔一つせず協力してくれた。

「桃矢様、頭を上げてください。結果として松山子爵のご子息が助かったのです。よかったではありませんか」

「そう言っていただけると、救われる気持ちです」

「桃矢様も大変だったでしょう？　まずは粗茶をどうぞ」

桃矢が顔を上げるのを見計らい、咲良がお茶を差し出す。

「ありがとう」

ゆっくりとお茶を啜(すす)りながら、桃矢は修学旅行で起きた出来事について、改めて詳細を語った。松山邸で話した内容だけでなく、鬼倒隊の隊服を着た鬼についても打ち明ける。

話を聞いている酉次郎が、難しそうに眉を寄せて腕を組む。

共に耳を傾けている咲良は普段と変わらぬ様子だが、桃矢にはわずかに緊張しているように見えた。

「如何(いかが)思いますか？」

話し終えた桃矢が意見を伺うと、酉次郎はしばしの間を置いて、ためらいがちながら口を開く。

「鬼は人であった頃に強く抱いていた感情に引き摺(ひず)られることがあると聞きました。もしかすると、悪鬼を倒さねばならぬという使命感が残っているのかもしれませんね」

「なるほど。鬼倒隊としての任務を鬼となった後でも果たそうとしておられるのか」

桃矢の脳裏に、あの夜に見た鬼の姿が浮かぶ。

己が鬼となった後も、鬼倒隊の赤い隊服をまとい悪鬼と戦い続ける鬼。

桃矢の視線が咲良に向かう。目が合うとはにかむ咲良に微笑を返しながら、桃矢はやはり似ていると思った。

淑やかで可憐な咲良と、怜悧な印象を受けたあの鬼とでは、雰囲気が全く違うのに。

だから咲良が昼食の支度に席を立ったとき、桃矢は西次郎にそっと問うてみた。

「橘内先生。咲良の父君は、浄化されたのですよね？」

神力を通した御神刀をもって鬼を焼き消滅させる。そうしなければ、鬼を完全に討伐することはできない。

西次郎の目蓋がぴくりと震えた。その反応を隠そうとしたのか、その瞳から感情が抜けていく。

「なぜ、そのようなことを？」

いつもと変わらぬように聞こえて、わずかに硬い声。

桃矢は西次郎が何かを隠していると感じた。

「私を助けてくれた鬼は、鬼倒隊の隊服を着ていました。私は彼を見て、なぜか咲良を思い浮かべてしまったのです」

咲良に聞こえぬよう、声を潜めて告げる。

沈黙が走った。

西次郎から発せられる、ぴりぴりと緊張した空気が、的外れな推論ではないと桃矢に知らせる。

視線は自然と台所にいる咲良に向かう。

「会わせてあげたほうがいいでしょうか？」

父親が生きているのなら、会いたいと思うのが人の常。

とはいえ相手は鬼。桃矢たちを助けてくれたとはいえ、理性がどこまで残っているかは怪しいものだ。

そもそも橘内酉作が鬼となったとき、咲良はまだ生まれていないどころか、腹に宿っていることすら知られていなかったのだ。あの鬼が酉作だったとしても、咲良を自分の娘だと認識できる可能性は低い。

それでも、咲良が望むのであれば、会わせてあげたいと桃矢は思う。

何かを見極めたのか。探るように桃矢を見ていた酉次郎の視線が緩んだ。

「必要ありません。咲良は親の顔も温もりも知りません。たとえその鬼が本当に酉作だったとしても、咲良は会いたいと望まないでしょう。倅もまた、子に鬼となった姿を見せたいとは思わぬはずです」

酉次郎は感情を読ませぬ無表情で、淡々と答えた。

「橘内先生は？」

桃矢は酉次郎の目を見つめる。

ただ一人の息子だ。酉次郎が会いたいと望むなら、あの地まで連れていくのもやぶさかではない。

けれど西次郎は首を横に振る。

「倅は死にました。私がこの手で殺したのです」

自分の掌を見つめる西次郎の顔には、悔しさと哀しさが溢れていた。

「申し訳ありません。つまらぬことをお聞きしました」

「いいえ。お心遣い、ありがとうございました」

互いに頭を垂れて、話題を切り上げる。

台所から、揚げ物の美味しそうな香りが漂ってきた。

三章

　赤く染まった木の葉が枝から手を離し、落ちていった。

　積み重なる赤と黄。掃き集められ燃やされた紅葉は、煙となって空へ昇り、冬を招き寄せる。そうして訪れた冬が雪で大地の色を隠した後、廻（めぐ）って緑が芽吹きの産声を上げた。

　桃矢が華族学問院に通うのは、残り一年となった。その後は士官学校へ進む。

　そう思い込んでいた桃矢は、渋沢に託された父の言葉を聞いて耳を疑った。

「――今、なんと言った？」

　頭の中が真っ白に染まる。理解できずに聞き返した声は震えていた。

「桃矢坊ちゃまの士官学校への進学は、許可しないとの仰（おお）せです」

　大河家の息子であれば、士官学校へ進み、卒業を待って鬼倒隊へ入隊するのが順当な道筋だ。悪鬼と戦うために、桃矢は女の身でありながら、男に混じって自分の体を鍛えてきた。

　体育の授業では年々順位が下がり、男女の差を見せつけられている。それでも桃矢なりに精一杯頑張っていた。

全ては大河家の嫡子として、鬼倒隊を率いるため。

その未来を成すためには士官学校を卒業しなければならないというのに、貴尾からの言伝はあまりにも無慈悲。

「では僕は、高等科へ進学するのか？」

鬼倒隊とは別の道へ。

混乱する桃矢を、渋沢は気の毒そうに見る。

「いいえ。桃矢坊ちゃまは進学することなく、すぐに鬼倒隊に入るようにとの旦那様のご命令です」

今度こそ完全に、桃矢の思考は凍りつく。何も映さないがらんどうの眼で渋沢を見つめた。

兵卒として鬼倒隊に入隊した者の生存率は低い。悪鬼との戦いの最前線に送られる鬼倒隊の兵卒たちは、その命を燃やして鬼を食い止めることを求められる。

一年後まで生き残っている確率は七割にも満たず、徴兵された者たちが兵役を終える三年後となれば、三割を切った。

桃矢は志願兵の扱いとなるだろうから、兵役の義務は二年と短縮される。それでも生き残れる確率は低かろう。

「それは、僕に死ねということか？」

渋沢は答えない。それが答えだった。

鬼によって傷を負わされれば、鬼と化す。鬼になる前の、鬼に傷を負わされた者に傷を負わされても、結果は同じ。だから鬼に負わされた傷を、好んで手当てしようなどと思う物好きはいない。万が一にも手当てする際に傷を負わされ、巻き込まれたくないから。

すなわち鬼によって桃矢が傷を負わされても、彼女の秘密が白日のもとに晒されるさら心配はないということだ。

悪鬼との戦いで命を失うのであれば、なおさら喜ばしい。大河家の瑕疵かしは名誉の戦死を遂とげたとして、この世から消えるだのから。

貴尾にとっては、これ以上ない有益な始末の仕方だろう。

もう、桃矢は必要ないのだ。大河家にとって、彼女はいつ家に瑕疵きずを付けるか分からぬ危険物。幽閉すら生温なまぬるい。性別を偽いつわっている事実が世間に露顕する前に父は自分を処分してしまいたいのだと、桃矢は悟る。

愕然がくぜんとする桃矢は、道に迷った幼子のように今にも泣きそうになって視線を彷徨さまよわせた。

けれど現実は変わらない。

桃矢は貴尾の手先である渋沢の前で涙を零さぬよう、痛いほどに拳を握りしめる。

「僕は父の願い通り、男として生きてきたのに――」

今までの努力も我慢も、生きてきた意味も、ここで潰（つい）えるのだ。

そしてその宣告を伝えることすら、貴尾は人任せにした。桃矢の死など、悼（いた）む価値がないどころか、関心すらないと言っているも同然の対応。

心が、ずたずたに切り裂かれていく。

「は、はは……」

溢れ出たのは、怒りに満ちた罵倒でも命乞いでもなく、自分を嘲笑（あざわら）う声だった。そして、耐え切れず涙が頬を濡らす。

笑い続ける桃矢に憐（あわ）れみの眼差しを残して、渋沢が去る。

暗い、昏（くら）い、夜の闇が、世界を覆っていく。

しかしそれ以上に、桃矢の心は黒く塗り潰されていた。


路面電車が停まり、乗客が降りてきた。入れ替わるように乗り込む乗客たちの姿を、桃矢はぼんやりと眺める。

華族学問院に行くためには、彼女もこの車両に乗らなければならないのに、足はぴくりとも動かない。

ちりん、ちりんと鈴が鳴り、路面電車が走り去っていった。

見送った桃矢は、ぼんやりと空を見上げる。

空は嫌になるほど青く澄んでいた。だけど桃矢の心はどんよりと曇っている。

どこから飛ばされてきたのか。ひらりと桜の花弁が一片、左肩に止まった。

虚ろな瞳が花弁を見つめる。その花と同じ名を持つ少女の笑顔が目蓋に浮かんだ。

「咲良」

鈴の音と共に滑り込んできた電車に、桃矢は乗り込む。行く先は華族学問院ではない。幼子が母を探すように、無性に咲良に会いたかった。

通い慣れた道。ぼんやりと歩く桃矢が顔を上げると、『橘内醫院』の看板が目に入る。

病院側の表から中に入った桃矢を見て、西次郎が驚いた顔をした。

今の時刻ならば、華族学問院で勉学に励んでいる時間だ。しかも表情から、様子がおかしいのは明らかだった。

「桃矢様？　どうなさいましたか？」

馴染みの患者を診察していた西次郎が、断りを入れて桃矢に声を掛ける。

「咲良は？」

「奥にいますが。……顔色が悪い。どこかご気分でも悪いのでは？」

桃矢は首を横に振ると、奥へ向かった。

西次郎は何か言いたげにその背中を見つめていたが、患者を診るために視線を戻す。

「桃矢様？」

奥から出てきた咲良が出迎えた。

桃矢を見て怪訝な表情を浮かべたけれど、すぐに穏やかなものに戻してその手を取る。優しく桃矢の左手を両手で包み込み、居間に誘った。

「手が冷えていますよ？　今朝は寒かったですからね。すぐにお茶を淹れましょう」

温かなお茶を桃矢に差し出し、左にぴたりと寄り添う。

「何があったのか、咲良に話してくださいませ。咲良は桃矢様の全てを受け入れます。どうか咲良には甘えてくださいませ」

慈愛溢れる朗らかな笑みを浮かべ、桃矢の手に自身の手を重ねた。

手の甲から伝わってくる、咲良の温もり。その手をじっと見つめている桃矢の視界が、徐々に潤んでいく。

「僕は、要らないのだ」

ぽつりと零れ落ちた涙と言の葉。

「分かっていた。僕が父と母に必要とされていないことくらい。それでも、僕は父と母のために、必死に努力してきた。いつかは見てくれるかもしれないと。僕も二人の子供だと思い出してくれるかもしれないと、祈るように縋(すが)って。だけど、全部無駄だったんだ。どんなに足掻(あが)いたところで、僕の体を変えることはできない。そんなことは、子供だって知っていることなのに」

下を向く双眸(そうぼう)から、止めどなく涙が零れ続ける。

「僕は男でなければ、生きている資格がないのだよ。でも、男にはなれなくて。だからもう、要らなくて」

まとまりのない言葉の濁流。何を言っているのか、桃矢自身ですら分からなかった。けれど咲良は口を挟むことなく、桃矢の苦しみを拾い受け止める。

「僕はやっぱり、生きていることすら許されないのか？　僕の存在は、それほどまでに父と母を――っ！」

その先を、桃矢は言葉にすることができなかった。音にしてしまえば、認めることになるから。

生まれてきた罪を。生き続けてきた愚かさを。

強く目蓋(まぶた)を閉じ、嗚咽(おえつ)を漏らす。

情けなさも、恥ずかしさも、もうどうでもよかった。全てを忘れ去り、このまま消えてしまいたいとさえ思う。

だけど――

温もりが、ふわりと桃矢を包む。柔らかくて、優しくて、桃矢を安心させる温もりが。

「咲良には、桃矢様が必要です。桃矢様だけが、咲良の生きる意味です。桃矢様、生まれてきてくださり、ありがとうございます。咲良を見つけてくれて、ありがとうございます。桃矢様が生きていてくれて、咲良はとても、とても嬉しいです」

桃矢の目蓋が熱く焼けていく。滂沱の涙が流れ落ち、咲良の胸元を濡らした。

「咲良は桃矢様が、どれほど頑張っていたか知っています。桃矢様は、咲良の知る誰よりも気高く、格好いい人でした。そして、誰よりも愛しい人です」

咲良の腕の中で、桃矢が顔を上げる。行き場を失った迷い子は、怯えながら咲良を窺う。

「ならば、こんな情けない姿を見せられて、失望したのではないか？」

「弱った桃矢様はお可愛らしいです。食べてしまいたいくらいに」

愛しくてたまらないといった表情を浮かべた咲良は、桃矢の濡れた目尻に唇を寄せ、涙を舐め取った。

桃矢はぎこちなく笑う。

「咲良にならば、食べられても構わない」

「駄目ですよ？　そんなことを言っては。理性が利かなくなります」

言いながら、咲良は桃矢の額にも唇を寄せる。まるで恋愛小説の一場面のように。

「これでは、どちらが男か分からないな」

呆れ混じりに漏らした桃矢の声は掠れていた。けれど先程までよりは柔らかい。

桃矢は咲良の肩に頭を乗せ、身を預ける。

優しく、優しく、大切な宝物を扱うような手つきで、咲良は桃矢の頭を撫でた。

「桃矢様が望むのなら、私が男になりますよ？」

その声は低く、普段の咲良と違う男の声で。

桃矢は驚いて頭を上げ、咲良の顔をまじまじと見てしまう。

くすりと、咲良が悪戯っぽく口角を上げる。

「私は、どちらでも構いません。桃矢様がお傍にいてくださるのなら。桃矢様がお傍に置いてくださるのなら。男でも、女でも。人でも、鬼でも。なんにだってなってみせます。もちろん、桃矢様が男でも女でも、凛々しくても泣き虫でも、どんな姿でも構いません。桃矢様さえいてくだされば、咲良は幸せなのですから」

咲良の左手が桃矢の頬を包む。親指が桃矢の柔らかな唇に触れ、ゆっくりと撫でた。

ぽかんと目を丸くした桃矢の顔が、一気に赤く染まっていく。

「さ、咲良！　やめよ。破廉恥だぞ？」

桃矢は慌てて身を離そうとした。だけど咲良の右腕が背に回されていて、顔を逸らすことしかできない。

顔を真っ赤にしてもがく桃矢をしばし見つめていた咲良が、ふわりと目尻を下げる。

「咲良？　僕をからかったのか？」

桃矢は愕然としながら抗議した。

けれど咲良は、くすくすと嬉しそうに笑うばかりだ。桃矢は次第に不機嫌になっていき、顔をしかめた。

「申し訳ありません、桃矢様。ですが、あまりにもお可愛らしくて」

慌てて謝る咲良だけれども、笑いを収められないらしい。

桃矢はますます顔を歪めた。


「――それで、何があったのですか？」

井戸を借りて顔を洗った桃矢は、改めて咲良と向き合った。

自暴自棄になっていた先程までと違い、その目には生気が戻っている。しかし冷静さを取り戻したからこそ、己の醜態が恥ずかしい。更に咲良の行動まで思い出し、あまりの羞恥に頭が沸騰しそうだった。

桃矢は顔を片手で覆い咲良から背ける。

半ば無意識に咲良を求めて橘内家に来てしまったけれど、昨夜の出来事は話せる内容ではない。

桃矢が命を脅かされる境遇に置かれると知れば、咲良はどれほど悲しむか。そして鬼である咲良が、共に鬼倒隊に入り戦うと望むであろうことは、容易に想像ができた。

桃矢は咲良を鬼として扱おうと思ったことはない。

初めて会った日こそ鬼の姿をしていたが、人の姿に戻ってからは普通の少女と変わらなかったから。それどころか巷の娘たちよりも、穏やかで心優しい娘だと思っている。

そんな咲良を危険な場所に連れ出すなど、決して許せなかった。

「大したことではない。いつものことだ」

桃矢が大河家で冷遇されていることは、咲良も知っている。だから、そこに関しては隠す必要がない。

「桃矢様のよさが分からないなんて、本当に困った方々」

眉を下げた咲良が、溜め息と共に桃矢の父母を罵る。

「咲良のお陰で落ち着いたよ。心配させてすまなかったね」

「構いません。隠さず晒け出してくださるのは、桃矢様が私を信頼しているからこそ。嬉しいと思いこそすれ、謝られるようなことではありません。ですが」

言葉を切った咲良が、じっと桃矢の目を見つめた。

桃矢は何事かと小首を傾げつつ、その目を見つめ返す。

「もう、我慢せずともよろしいのではありませんか？」

咲良の言葉が、桃矢の心をざらりと撫でた。

十五年だ。桃矢は父母が望む姿になろうと、十五年もの間、心に蓋をして耐えてきた。

けれど、父母が桃矢に関心を寄せたことは終ぞない。どんなに努力しようともいないものとして扱われ、ついに捨てられたのだ。

胸の内で、寂しがりやな桃矢が親を求めて泣き叫ぶ。一方で、残された時間は好きなことをしてみたいと望む自分もいた。

「いいのだろうか？」

迷いつつも望みを抱いた桃矢の言葉に、咲良が目を瞠る。

咲良が遠回しに何度薦めても、桃矢は大河家の呪縛から逃れられなかったから。男であることに、こだわり続けていたから。

「はい。もちろんです」

弾む声が、咲良の可憐な唇から飛び出した。嬉しげに笑み崩れ、はっきりと断言する。

迷子の子供が母を見つけたように、桃矢の顔に安堵が広がっていく。

「では女同士、一緒にお出かけしませんか？　先日、新しいお着物を仕立てたのです。きっと桃矢様にお似合いになりますよ？」

　この好機を逃してなるものかと、咲良が桃矢に女の姿を求める。

　いつもの桃矢なら、咲良が誘う声を叶わぬ夢として、開かぬ牢の中で絶望する心持ちで聞いていた。だけど今は呪縛の鍵が壊れたのだろう。牢の扉がゆっくりと開く。

「そうだな」

　力のない声ではあるが、今まで口に出せなかった言葉が滑り落ちた。

　提案しておきながら、受け入れられるとは信じていなかったのか、虚を衝かれたように咲良が目を丸くする。

　まじまじと桃矢を凝視したのは一瞬のこと。すぐに破顔して動き出す。

「はい！　では気が変わらぬうちに、準備いたしましょう」

「今からか？」

「もちろんです。善は急げと言いますから」

　咲良は戸惑う桃矢を立たせると、自分の部屋に連れていく。そして華族学問院の制服を脱がせ始めた。

「待て、咲良！　自分で脱げる！」

「大丈夫ですよ。患者さんで慣れていますから。……洋服は難しいですね」

慌てて桃矢は自分で制服を脱いだ。それから咲良が用意してくれた女物の襦袢や着物を着付けていく。

けれど男物と違い、女物の着物はおはしょりがある。帯の太さや長さも異なった。手間取る桃矢に、咲良が手を貸す。手早く着付けられた桃矢は、あっという間に娘の姿に変わった。

初めてまとう女物の着物。桜の花が散りばめられた小紋柄は、桃矢の心を浮き立たせる。

恥ずかしさと嬉しさ、それに戸惑いが混じりあって、胸の辺りがくすぐったく思えた。

「可愛らしいですよ」

そう言って咲良が鏡を見せる。

鏡面に映った桃矢の髪は短すぎて、町で見かける娘たちとは、やはり同じとはいかなかった。

現実に引き戻されていく桃矢に気付いた咲良が、急いで帽子を被せる。短い髪が隠れて、男としての特徴が消えていく。

「私が仕立てたものなので、少し歪ですが」

「いや。ありがとう。……おかしくはないか？」

「いいえ。今まで見てきた誰よりも可愛らしいご令嬢です」

「そうか。……ありがとう」

咲良のほうが可愛いだろうと苦笑しつつ、桃矢はその褒め言葉をありがたく受け取った。

支度が整った桃矢を部屋に残し、咲良は病院のほうに顔を出す。

「お爺様、出かけてきますね。帰りは遅くなるかもしれませんから、お昼と、場合によっては夕食も、外で食べてください」

咲良の声を、桃矢は西次郎を気の毒に思いながら聞いた。

そんな気持ちが顔に出ていたのだろう。戻ってきた咲良は、西次郎もたまには外で食べたいだろうから丁度いいのだと笑った。

「お爺様、二丁目の蕎麦屋のお蕎麦がお好きなのですよ。往診に行かれていた頃は、よく寄り道して帰ってきたものです。最近はご無沙汰でしたから、喜んでおられましたよ」

咲良に手を引かれ、桃矢は勝手口へ向かう。帽子を深く被って顔を隠し、人目がないのを確認してから外へ出た。

「どこへ行きたいですか？」

「そうだな」

問われて桃矢は考える。

いつも目を逸らしていた場所。考えないようにしていたこと。桃矢の女心が行きたいと願っていた場所へ、今なら人目を気にせず行ける。

「とりあえず、どこかで腹ごしらえをしないか？」

もうすぐ昼だ。二人は電車に乗って知り合いがいないであろう場所まで行ってから、目に付いた洋食屋へ入った。

メニューを見た桃矢は、いつもは頼まないライスオムレツを選ぶ。

白磁の平皿に盛られた、お日様みたいに黄色いライスオムレツ。細かく刻んだ野菜と共に炒めたご飯に卵が絡み、楕円形に整えられている。上には色鮮やかな赤いトマトケチャップが掛けられていて、眩しいほどに色鮮やかだ。

桃矢はさっそく、スプーンで一口すくう。

優しい卵の味と、濃厚なトマトケチャップの酸味がとてもよく合っていた。細かく刻まれた玉ねぎや茸の食感が、味と歯触りに変化を加えて面白い。

想像していた以上に美味しくて、桃矢は一口ずつ、ゆっくりと味わいながら食べていく。

「桃矢様はライスオムレツがお好きなのですか？」

ライスカレーを注文した咲良が、食べる手を止めてライスオムレツを覗き込んだ。

桃矢は答えづらくて、視線を横に滑らせる。

「気にはなっていたけれど、食べるのは初めてだ。女性や子供が好きな料理だと聞いていたから。……咲良も食べてみるか？」

「頂きます」

桃矢が皿を寄せると、咲良はライスカレーを食べていたスプーンで一口分すくう。上品な仕草で小さな口に入れ、真剣な表情で咀嚼（そしゃく）した。

「気に入ったのなら、もっと食べてもいいぞ？」

様子を見ていた桃矢が勧めると、咲良は首を横に振る。

「一口で充分です。大体分かりましたから。今度お作りしますね」

「ありがとう。咲良が作ってくれるライスオムレツも美味（おい）しそうだ」

「もちろんです」

自信満々に胸を張るのを見て、桃矢は思わず噴き出した。そして、ふと気付く。

「ライスカレーを頼んだのも、好きだからではなく、味が気になったからか？」

「ええ。きちんとしたものを食べてみないことには、正しく作れているかどうか分かりませんから」

可愛い眉をぎゅっと寄せる咲良から、桃矢は皿に視線を落とす。

食事を味わいはしても、どうやって作るのかなど、考えたこともなかった。

「女性なら、そういう視点で味わうものなのだろうか？」

男になれなかった桃矢は、女としても欠けている。

男にも、女にも、どちらにもなれない半端者。たった一人で、夜道に取り残されたような錯覚に陥った。

「どうなのでしょう？　私は桃矢様に美味しいものを食べていただきたいと思うので、味を楽しむよりも作り方に気が行ってしまうのです」

考える素振りを見せながら答えた咲良は、少量だけすくったライスカレーを桃矢の口元に運んだ。

「あーん」

「咲良⁉　人前だぞ？」

驚いて声を上げた桃矢の口にスプーンが押し込まれる。そして口の中に、カレーの複雑な香味が充満していった。

諦めて咀嚼すると、辛味が舌を刺す。反射的に、眉がぎゅっと寄った。

「やはり辛味が強いですか？　それともお味もお口に合いませんか？」

「面白い味だとは思うが」

桃矢は言葉を詰まらせる。

辛いものが苦手なのは女々しいと思っていた桃矢は、辛いものを食べても、いつも平気な振りをしていた。

けれど咲良に嘘は通じない。それに今日の自分は女の姿。

「す、少し、辛いかな？」

思い切って正直に述べると、咲良が嬉しそうに微笑んだ。

知られれば軽蔑されかねないと、隠し続けてきた本音。だけど咲良は嫌な顔一つせず、それどころか喜んで受け入れてくれる。

くすぐったくて、ライスオムレツを食べる桃矢の口元が緩む。

「ランデブーですね」

「は？」

ぽつりと囁かれた単語を耳に拾った桃矢は、ぽかんと口を開けてしばし咲良を見つめた。理解が追い付くなり、顔が赤く染まっていく。

「咲良、そんな言葉をどこで憶えた？　いや、それよりも、男の前でそんな発言をしてはいけない。勘違いされたらどうする？」

しどろもどろになりながら、桃矢は小声で窘める。

「ここに男はいませんよ？」

「え？　あ、ああ、そうだな。……いや、だがな」

桃矢は咲良を説得するための言葉を探した。けれど咲良は反省する素振りなどなく、くすくすと楽しそうに笑う。

げっそりと肩を落とした桃矢は、咲良をじとりと睨む。でも桃矢自身もおかしくなってきて、一緒になって笑った。

「美味しいな」

「ええ」

他愛のないお喋りに興じながら、桃矢は残りのライスオムレツを食べる。

黄色く輝くライスオムレツ。一口食べるごとに、桃矢の心まで明るく染め変えていった。


食事を終えた桃矢と咲良は、店を出て街を歩く。普段は目を逸らしていた女物の商品を扱う店に、咲良が桃矢の手を引いて誘う。

初めは気まずい思いで遠慮がちに眺めていた桃矢だったけれども、次第に抵抗が薄れていく。金魚の形をした飴細工を舐めながら、咲良と一緒に店を見て回った。

煌めく硝子の器や置物。花や鳥を描いた扇子。色とりどりの反物や帯。

いつもは惹かれれば惹かれるほど目を逸らしていたのに、今日は思う存分楽しめる。

「ありがとう、咲良」

「どういたしまして」

囁くように小さな声だったのに、優しい声が返ってきた。

桃矢の胸は幸せで膨らんでいく。

「何かお礼をしたいな」

「咲良は桃矢様とこうして一緒に歩けるだけで、充分なのですが」

そう言った咲良だけれども、周囲を見回して桃矢の手を引いた。

漆器を並べた店の一角。毛氈が敷かれた棚の上には、掌にすっぽり収まる丸い手鏡が並ぶ。背面には艶やかな漆が塗られ、色取り取りの花が描かれていた。

どれも美しかったが、特に桃矢の目を奪ったのは、朱漆に繊細な筆遣いで描かれた桜模様。

目尻が下がり、うっとりと見惚れてしまう。

「今日の記念に、買ってはいただけませんか？」

咲良が上目遣いで桃矢に強請る。

「分かった。どれがいい？」

「こちらを」

咲良が選んだのは、桃矢も惹かれた桜模様。

わずかに表情を強張らせた桃矢だが、女でいられるのは今日一日だけの奇跡。日が暮れれば大河桃矢という男に戻ってしまう。

形の残るものを買って帰るわけにはいかない。だから、桃矢は諦めなければならなかった。

どろりと、咲良を妬む感情が桃矢の心に流れ込む。

醜い心を笑みで覆い隠し、答えた。

「うん。咲良に似合いそうだね」

本当は自分も欲しいのに。自分は興味ないというふりをして。

「ありがとうございます。もう一枚よろしいでしょうか？」

「ああ。構わないよ」

咲良がこんなふうに強請るなど滅多にないことだったが、桃矢はその違和感に気付く余裕すらなかった。

嬉しいと、胸の前で手を合わせて喜んだ咲良が、店番をしていた婦人に話し掛ける。

心得たとばかりに頷いた婦人が店の奥へ消え、すぐに戻ってきた。

「小半刻ほどいただけますか？　少し先にあるお寺さんの桃が、見頃は過ぎたけれど、まだ花が残っていて綺麗でしたよ」

「まあ！　それはいいことを教えてくださいました。ぜひ参らせていただきますね」

婦人に礼を言った咲良が、桃矢の手を引いて店を出る。

二人のやり取りを不思議に思った桃矢だけれども、その疑問をすぐに打ち消した。

結局、自分は本当の女には戻れないのだ。

そんな当然のことを改めて思い知らされて。

桃矢の目には、先程まで輝いて見えた世界が曇って見える。光を見てしまったからこそ、闇が一段と暗さを増したのだろう。

咲良に手を引かれるまま、桃矢は足を進める。

硬い笑みを浮かべる桃矢に、咲良がそっと肩を寄せた。心配そうに顔を覗き込まれて、桃矢は自分の心が闇に囚われかけていることを自覚する。

「大丈夫だ」

笑ったつもりだけれども、咲良の目にはそう見えなかったに違いない。

咲良にまで嫉妬(しっと)してしまう、弱く醜(みにく)い心。自分が情けなくて、桃矢は咲良から目を逸(そ)らした。

葛藤(かっとう)する桃矢を見つめる咲良の眼差しは悲しげで。でもその瞳が、道の端を見てふわりと和(やわ)らいだ。

「桃矢様。お寺に参る前に、寄り道をしませんか？」

咲良の指さす先にあったのは、昔ながらの甘味処。店の前に床几(しょうぎ)が並び、団子を描いた旗が揺れている。

「咲良は餡(あん)は苦手だろう？」

「今日は食べたい気分なのです」

眉を寄せた桃矢の手を引っ張り、咲良は強引に彼女を床几に座らせた。

座ってしまった以上、諦めて頼むしかないと、桃矢は床几の上のお品書きに目を向ける。

「なんにしますか？」

「餡蜜、かな」

善哉と迷った桃矢だけれども、そちらは時折咲良が作ってくれる。餡蜜は女の姿をしている今日でなければ、意固地な矜持が邪魔をして、食べられないかもしれない。

そう思ったから。

「では私は磯辺焼きを」

「やはり苦手なのではないか」

「美味しいですよ？　磯辺焼き」

笑顔を絶やさない咲良に、桃矢は敗北を認めて肩を竦めた。

運ばれてきた深い器を覗くと、賽の目に切った寒天がきらきらと輝く。こんがり焼いた小さな切り餅の隣には粒餡が添えられ、散らされた赤いエンドウと橙色の干し杏子が彩を添える。更にその上から黒蜜が回し掛けてあった。

小振りのスプーンを取った桃矢は、乳白色の寒天をすくう。甘い黒蜜の味と、ほんの微かに漂う磯の香り。噛むとくしゃりと崩れていく。

続いて餡と共に、黒蜜が掛かった一口大の切り餅を食す。香ばしい焦げ目を噛みしめると、餅に仄かな苦味が加わった。

「美味しい」

桃矢の頬が自然と緩む。心に澱んでいた昏いものが、甘味と共に溶けていく。

幸せそうな表情を浮かべる桃矢を、咲良が嬉しそうに見つめる。

「咲良も食べてみるか？　寒天だけなら黒蜜しか掛かっていない」

「では一口、お願いします」

咲良から注がれる視線に気付いた桃矢が声を掛けると、にっこりと笑んで雛鳥のように口を開けた。

桃矢は唖然として目を瞬くが、咲良の口が閉じる気配はない。焦りながら周囲を見回し、誰も見ていないのを確認してからその口に寒天を入れる。

「ん。美味しいです」

「咲良。もう少し周囲の目を気にせよ」

顔を真っ赤に染めた桃矢が咎める視線を向けても、咲良は悪びれる様子もない。ふっと笑う顔は、とても満足げだった。

「女同士ですもの。恥ずかしがることはありません」

「そういうものなのか？」

「ええ。そうですよ」

女の常識を知らぬ桃矢は、咲良が言うのならそうなのだろうかと、訝（いぶか）しく思いながらも納得する。

「では桃矢様もどうぞ？」

「咲良⁉　無茶を言うな」

桃矢が止めるのも構わず、咲良は一口大にした磯辺焼きを桃矢の口へ運んだ。

羞恥に耐えかねた桃矢が睨（にら）んでも、怯（ひる）むどころか喜ぶばかり。

「今日の咲良はいつもと違う」

「女の子同士ですもの」

その理由はどうなのかと内心で抗議する桃矢だが、結局逆らえない。口を開き、咲良が差し出す磯辺焼きを受け入れた。

残りも食べさせ合いに付き合わされ、耳や首筋まで真っ赤に染めて、桃矢は咲良に手を引かれ寺へ向かう。

漆器屋の婦人は寺の桃花が綺麗だと教えてくれたが、寺に辿り着くまでの小道もまた、桜が咲き乱れていた。道の左右に桜の木が並び、花弁が小道を染めている。

天も地も桜色に染まった光景は、まるで紅を一滴垂らした雲の中に迷い込んだかのようだ。

肩を寄せ合って進んでいると、ちるちると鳥が鳴く。仰ぎ見ると萌黄色の愛らしいメジロが二匹、寄り添って桜の蜜を楽しんでいた。

「まあ。仲がよいのですね」

「兄弟だろうか？」

「夫婦ではありませんか？」

桃矢と咲良は足を止め、しばらく微笑ましく想いながら見守る。すると今度は雀が飛んできた。

桃矢たちの真上に止まった雀は、興味深そうにメジロたちを観察する。それから真似をするように桜を突き始めた。

けれど雀の舌は短くて、メジロみたいに蜜を吸うのが難しい。苛立った雀は桜の花を千切り、蜜が詰まる萼筒を啄ばむ。そうして蜜を吸い終えた桜の花を、桃矢と咲良の前に落とした。

「桃矢様、雀からの贈り物ですよ」

掌を上向けて桜の花を受け取った咲良が、嬉しそうに笑って桃矢の帽子に飾る。

「咲良の髪に付ければよいのに」

「桃矢様のほうが似合いますもの。雀に感謝しなくては」

咲良のほうが似合うに決まっていると思った桃矢だけれども、本心では嬉しくて。咲良の気持ちをありがたく受け取った。

左の掌に咲良の手の温もりを感じながら、桃矢はゆっくりと桜小道を進む。

寺の山門前まで辿り着くと、どちらからともなく繋いでいた手を離した。神仏の前で色欲を見せるのは、ためらわれたから。

それでも左手から遠ざかっていく温もりを名残惜しく感じて。桃矢の目が恨めしげに咲良へ向かう。

目が合い微笑んだ咲良の顔には、恥じらいも寂しさも見当たらない。桃矢だけが翻弄されているのだ。

そのことに気付いて溜め息を落とした桃矢は、気持ちを切り替えて前を向く。両手を合わせて一礼し、咲良と並んで山門を潜った。

ふわりと柔らかな風が吹く。濃淡様々な薄紅色の牡丹雪が、ひらひら、ひらひらと、風と踊りながら二人の訪れを歓迎する。

境内には幾本もの桃の木が植えられていた。桜と見間違えそうな淡い薄桜色から、紅梅の如き今様色まで。木ごとに濃淡異なる紅色が、天に向かって伸びる枝を彩る。

「美しいですね」

近くにあった桃の木に近付いた咲良が、桃の花をうっとりと見つめる。白い指先で愛(いと)おしそうに触れると、優しく口付けた。

　桃矢の胸が、どきりと跳ねる。見てはならないものを見た気がして、頬に熱が上がっていく。

　戸惑う桃矢を追い詰めるように、咲良は色気を含んだ流し目を桃矢に注ぐ。そして妖艶に口角を上げた。

「桃矢様の花です」

　言いながら、指の腹でゆっくりと桃の花弁を撫でる。

「あ、ああ」

　頷(うなず)く桃矢の声は、上ずっていた。

　桃矢が触れられているわけではないのに、まるで自分の体をまさぐられているかのように錯覚して、体が熱くなる。胸の鼓動が激しくて、乾いた咽(のど)から相槌(あいづち)を返すだけで精いっぱい。

　くすくすと笑う咲良が桃の花から手を離し、桃矢の手を搦(から)め捕(と)る。

「からかうのは、ほどほどにせよ」

「申し訳ありません」

　動揺を悟られたくなくて、桃矢は眉を怒らせて厳しい言葉を選ぶ。

　けれど不機嫌に振る舞う桃矢の心情などお見通しとばかりに、咲良はにこりと微(ほほ)

笑む。

二人は本堂の前まで進んで祈りを捧げてから、ゆっくりと境内の桃を楽しんだ。

美しいと思うものを、素直に美しいと感じる。

そんなことすら桃矢にとっては新鮮で、愛しい感情に思えた。


桃と桜の花を堪能した桃矢と咲良は、来た道を戻り漆器屋へ向かった。店に入ると婦人が二人を迎える。

「できていますよ。お気に召していただけるといいのですが」

そう言って差し出されたのは、二枚の手鏡。

一枚は先程も見た、朱漆に桜の絵付けが施されたものだ。

そしてもう一枚には、黒漆に沈金で桃の花が描かれていた。まるで月に照らされて輝く夜景を切り取ったかのような、繊細で妖しい美しさを放つ出来栄え。

漆器の表面に傷を付け漆を糊として金を埋める沈金は、色漆で絵付けを施すのと違い、漆が乾くまで待つことなく客に卸せる。

店を覗いたときに、咲良は桃を描いてくれるよう頼んでいたのだろう。

その咲良が感嘆の声を上げた。

「まあ！　素敵ですね。とても気に入りました。ありがとうございます」

婦人から受け取った桃の花の鏡を、愛しくてたまらないと言わんばかりに胸に抱きしめる。

桃矢は残されたほうの手鏡を、不思議そうに見やる。

「咲良はこちらの鏡が欲しかったのではないのか？」

桃矢が桜の手鏡を示すと、咲良は首を横に振った。

「桜のほうは桃矢様が持っていてくださいませ。咲良とお揃いです。……桜では、お気に召しませんか？」

思わぬ提案に戸惑う桃矢を見て、拒絶と捉えたのか咲良の表情が翳っていく。

桃矢は慌てて否定した。

「そんなことはない。だけど咲良は、二つとも欲しいのではないか？」

「いいえ。桃矢様とお揃いのものが欲しかったのです」

「桜のほうが、美しいだろう？」

朱に染まった世界に描かれた、淡い薄紅色に色付く桜の花と、緑の葉。桃矢には、黒字に金一色で描かれた桃の花よりも、ずっと明るくて綺麗に見えた。

けれど咲良は違うらしい。

「そうですか？　夜に凛と咲き誇る桃の花。まるで桃矢様のように美しくて、咲良はこちらのほうがずっと好きです」

満開の笑みを咲かせた咲良は、うっとりと桃花の鏡を見つめる。

その言い方はまるで、桃矢が桃の花のようだと、桃矢は美しいと、そう告げているみたいで。桃矢は恥ずかしさと共に嬉しさを覚えた。

けれど同時に、拒絶の棘が胸を刺す。

潜在意識の奥深くに刻み込まれた、男であらねばという矜持。長い年月をかけて、深く深く刻み込まれたその認識は、たった一日では消すことなど叶わない。

桃矢を奈落へ引き摺り込もうと手を伸ばしてくる。

息苦しさと眩暈に襲われ、桃矢は目蓋を伏せた。

「桃矢様？」

腕に触れた温もりに目を向けると、咲良が不安そうに顔を覗き込んでいる。

桃矢はなんでもないと首を横に揺らす。

誤魔化しきれたわけではないだろう。しかし咲良はそれ以上は問うことなく、表情を緩めた。

「大切にしますね。桃矢様も、肌身離さず持っていてください。きっと桃矢様を、禍から護ってくれますから」

身護り鏡は古くから伝わるお呪い。鏡面を外側にして懐に忍ばせておけば、邪気を跳ね返し身を護るという。

咲良は答えを聞く前に、桜の鏡を桃矢の懐（ふところ）に差し入れる。

その指先の動きを布越しに感じ、桃矢の心臓がぎゅっと締め付けられた。反射的に顔を背（そむ）けた桃矢の顔は、耳まで真っ赤だ。

「言われずとも、大切にする」

「はい。今日は咲良の我が儘（わがまま）をたくさん聞いてくださり、ありがとうございました」

桃矢がぶっきらぼうに言い捨てても、咲良は嬉しげに笑う。

漆器屋の婦人に礼を述べて、二人は帰路につく。

桃矢の胸は高鳴り続けていた。体中がむずむずとして、こそばゆい。

どうしてそんな感覚を抱くのか。

目を逸（そ）らし続けているだけで、桃矢はその理由を知っている。だけど、認めることはできなかった。

桃矢は男として生きているけれども、その体は女だ。それなのに、咲良に対して恋心に似た感覚を抱いている。

隣を歩く咲良をちらりと見た桃矢は、布越しに懐の手鏡に手を添えて考える。

たとえ体は女でも、心は男になっているのかもしれない。だから男として、美しい咲良に想いを寄せてしまうのだろう、と。

そんな歪（ゆが）んだ愛が許されるのか。そして道を大きく外れた自分の運命に、これ以上、咲良を巻き込んでいいものか。

苦悩を滲ませながら、桃矢は夢の世界から現へと戻っていった。

※

花は散り、木々は薄紅の衣を捨てて、青く染まりゆく。桃矢もまた、一刻の夢を捨て男としての生活に戻った。

闇に染まった夜の帝都。空には細い月が浮かぶ。

ざらざらと枝葉が囁き合うは、どこの醜聞か。人の道から外れた悪鬼がどこから現れるともしれぬ夜道を、桃矢は彷徨い歩く。

人目に付き難い暗い着物に袴姿。袖には鬼縛符を、懐には御神刀の刃で作られた短刀を忍ばせている。

鬼や無頼の輩が蠢く時刻には心許ない出で立ちだが、許可のない帯刀は法律で禁じられているから仕方がない。

桃矢は辺りの気配を探りながら、町の中を進む。

「今夜も出遭えぬか」

もうすぐ日が変わろうという深夜。

桃矢は残念がる一方で、安堵の息を吐いた。

来年になれば、鬼倒隊に兵卒として入隊しなければならない。それは高い確率で死を意味する。

父母から愛されていないどころか、死を望まれるほど疎まれている現実。望み通り鬼倒隊で果てるのが孝行かと悩みもした。

けれど桃矢は決めたのだ。

たとえ親不孝者と罵られようと、生きるために足掻くと。

「鬼を見つければ」

咲良を人に戻したときのように、大河の血をもって人に戻せば、共に戦ってもらえるのではなかろうか。そうすれば鬼倒隊に入っても、生き延びられる可能性が高まる。

そんな淡い期待から、桃矢は毎夜の如く夜の町に出て鬼を探し歩く。

しかし事は思い通りには運ばない。遭いたくないときには現れるのに、夜の散歩を始めてからは一度も鬼と遭遇しなかった。

今夜も諦めて、桃矢は家路につく。

桃矢の部屋は、母屋から離れた裏手にある。元は茶室として使われていた数寄屋を、自室として宛がわれたのだ。

移された当初は捨てられた気がして悲しんだものだが、今となっては母屋から離れている状況は都合がいい。お陰で抜け出したとて気付かれぬのだから。

寝巻に着替えた桃矢は布団に潜る。目を閉じると、すぐに意識が遠退いた。


華族学問院の帰りに橘内医院を訪れた桃矢を、咲良は大喜びで迎えた。座敷に上がった桃矢の傍に座り、ぽんぽんと自分の膝を叩く。

「咲良？」

不思議そうに見つめる桃矢に対して、咲良は眉を寄せて顔をしかめる。

「顔色が悪いですよ？　あまり眠っていないのではありませんか？　咲良がお膝をお貸ししますから、少し眠ってください」

顔色だけではない。目は落ちくぼみ、隈ができていた。表情も疲れ切っている。大河家で何かあったのは一目瞭然。共に出かけて吹っ切れたと思っていた咲良だったけれども、そうではないらしいと見抜いていた。

咲良の膝に視線を落とした桃矢が、顔を赤くしてそっぽを向く。咲良は逃すまいと腕を伸ばしてその頭を捕えると、自分の膝を枕に横たわらせた。

「咲良！」

「おとなしくおやすみください。子守唄もお歌いしましょうか？」

「それはやめてくれ」

子供扱いされた気がしたのだろう。拗ねた桃矢が口を尖らせる。

そんな姿も愛しくて、咲良は桃矢の頭を優しく撫でた。

手を動かすごとに、桃矢の目蓋が下がっていく。抗っていたのはわずかな時間。気付けば寝息が聞こえてきた。

「無理をしないでください。桃矢様に何かあれば、咲良は正気を失ってしまいます」

いっそ全てを打ち明けてしまおうか。

桃矢の寝顔を見つめながら、咲良は思案する。

桃矢が鬼を探すのは、咲良を女と思い込んでいるから。たとえ鬼であろうと、少女を戦場へ連れ出したくないという気持ちから。だから鬼倒隊で共に戦ってくれる鬼を探す。

咲良が男だと知れば、新たな使鬼を探す理由は消える。咲良を使鬼として鬼倒隊へ伴い、悪鬼と戦わせればいいのだから。

そうなれば、もう桃矢が夜な夜な町を歩く必要もない。そして咲良は使鬼としてずっと桃矢の傍にいられる。

桃矢にとっても咲良にとっても、一見すれば利しかない。

だけど咲良は踏み出せなかった。

裏切ったと、騙したと、罵られる覚悟はできている。今までのように接してもらえなくなったとしても、桃矢が苦しむ姿を見なくて済むのなら構わない。

しかし、それは肉体の話。

咲良が女ではないと知ったとき、桃矢の心はどうなるのか。

細く脆い蜘蛛の糸。切れてしまえば桃矢は立ち上がれなくなるだろう。

「そうなったとしても、私はあなたさえいてくれればいい。でも――」

桃矢が壊れたなら、真綿で包み込むようにして大切に慈しめばいい。壊れた桃矢は、きっと人の世に関心を持たなくなる。そうすれば、咲良だけの桃矢が手に入る。

甘く魅力的な誘惑。

けれど咲良は、桃矢の全てが愛おしいのだ。独り占めしたいという欲望が肚の底から込み上げてくる一方で、彼女を壊すことに身を引き裂かれるより辛い苦痛を覚える。

眠る桃矢のこめかみに、咲良は密やかに口付けを落とす。

たまらないほど愛しくて。

彼女を傷付ける世界を壊してしまいたいと叫ぶ、鬼の血を抑え込みながら。

桃矢は幸せな夢を見ていた。温かな日差しの下。母の膝枕で微睡む幼い桃矢。母は何度も優しく頭を撫でて慈しんでくれる。

そんな現実は、終ぞなかったのに。

あまりに幸せで、あまりに苦しくて。桃矢の目尻から涙が零れ落ちた。

「お目覚めですか？」

夢から覚めた桃矢を迎えたのは、耳慣れた優しい声。やはり夢だったのかと落胆する一方で、もう少しだけ、この柔らかな膝の上で微睡みたいと願う。

だけど外から差し込む光はすでに橙色に染まり始めている。急ぎ帰らねばと、身を起こした。

「咲良のお陰でよく眠れたよ」

「お爺様が鶴符を飛ばしましたから、今夜は食べて帰ってくださいな」

「いや。帰るよ」

立ち上がろうと膝を立てた桃矢を、咲良が残念そうに見つめる。

「すでに支度はできているのです。桃矢様に食べていただきたくて、カレーを作っていましたから」

そこまで言われてしまえば、桃矢は無下に断れない。

うっと息を詰まらせて視線を泳がせた後、諦めて浮かせた腰を下ろす。

「分かった。でもあまり遅くまではいられないからな」

「ありがとうございます。急いで支度をしてきますね」

咲良が嬉しそうに台所へ向かう。

しばらくして癖の強いカレーの香りが漂(ただよ)ってきた。

「これでようやく解放されますな」

病院のほうから戻ってきた西次郎が、居間に座る桃矢を見るなり安堵(あんど)の息を吐いて腰を下ろす。

どういう意味かと訝(いぶか)しげな視線を桃矢が向けると、西次郎は眉を跳ね上げてから、ちらりと台所のほうを見る。それから声を潜(ひそ)めて耳打ちした。

「桃矢様がいつ来られるか分からないからと、三日前からカレー続きです」

「それは申し訳ありませんでした」

桃矢が悪いわけではないのだけれども、つい謝ってしまう。

間を置かずして咲良がカレーを運んできたので、三人で食べる。

「お口に合いましたか？」

スプーンでカレーを口に運ぶ桃矢に、咲良が不安げに問うた。辛いものが苦手な桃矢の舌を気にしているのだろう。

「美味(お)しいよ。店のものと違って辛くないのだな」

「お気に召してもらえてよかったです」

桃矢の答えを聞いた咲良が、嬉しそうに笑みを浮かべる。

香辛料の風味が複雑に絡み合うカレーの香りと味はそのままに、舌にひりりと奔(ほとばし)

る辛味はほとんどない。

桃矢はとろりとしたカレーを麦飯に絡めながら楽しんだ。

「咲良の料理は本当に美味しいな」

大河家で食べる料理は、材料の質がよく、手も込んでいる。だけど桃矢はあまり美味しいと感じたことがなかった。

味が悪いわけではない。一人淋しく食べる時間が、味覚を鈍くする。

「私は洋食よりも、昔ながらの味付けのほうが好きですけどね。これは薬を食べている気がします」

西次郎がぽつりとぼやいた。

香辛料の中には、薬として用いられるものもある。医者である西次郎は、調味料としてよりも薬の原料として馴染み深い味なのであろう。

「お爺様に美味しいと思ってもらわなくても結構です。桃矢様のために作ったのですもの」

西次郎の声を拾った咲良が、つんと澄ました顔で言った。

思わず桃矢は噴き出してしまう。

「桃矢様？」

「すまない。医者らしい発言だと思って。それに咲良のそんな顔は珍しい」

咲良にじとりと睨まれて、桃矢は慌てて謝った。だけど、いつも朗らかな咲良らしくない表情は新鮮で、反省するより愛しいという感情が芽吹く。

「僕も――」

咲良の家族なら、もっと色々な表情を見せてもらえるのだろうか。遠慮なく笑い合い、たまには喧嘩もして、今よりも、もっと近くに感じられるだろうか。

頭に過った温かな家庭の姿を、桃矢は自嘲の笑みで消し去った。

「ありがとう。とても美味しかった。……そろそろ帰るよ」

咲良と酉次郎に礼を述べ、橘内家を後にする。

外はもう暗く、人の姿はなかった。鬼を探しながら、遠回りをして家を目指す。

町の人たちは鬼との遭遇を恐れて夜道を避けるというのに。

その日も桃矢が鬼と遭遇することはなかった。


夜空に月はなく、代わりに星々が総出で輝いていた。桃矢は今夜も一人で彷徨い歩く。

鬼と遭遇できるかなど分からないのに。遭遇したとしても、一人で捕えられる実力が備わっているわけではない。

生きたいと渇望しながら、鬼倒隊に入る前に命を落とすかもしれない愚行に興じる桃矢を、夜の闇に染まった黒い枝葉が、ざわりざわりとせせら笑う。

近付いてくる靴音を耳に拾い、桃矢は物陰に身を隠した。しばらくして、巡回中の鬼倒隊が姿を現す。

鬼の目撃情報があったなら、鬼倒隊が警戒を強めているはずだ。だが隊員たちに変わった様子はない。

今夜も空振りかと、桃矢は溜め息と共に肩を落とした。

鬼倒隊の隊員たちが通り過ぎて暗闇に消えると、物陰から出て再び歩き出す。

風が頬を撫でて擦れ違う。川岸に植えられた柳(やなぎ)が夜色に染まった枝を揺らし、ざらざらと不気味な声で囁(ささや)いてくる。

新たな使鬼を得るなど、未熟な桃矢では無理なのだと。

咲良を得たのは幸運。西次郎の助けがあったからこそのこと。桃矢だけでは幼い子鬼すら制圧できなかった。

咲良の力を借りればいい。桃矢に心酔している咲良ならば、喜んでその身を捧(ささ)げるだろう。鬼であると明かすことで、人としての生活を失ったとしても、桃矢が傍(そば)にいれば咲良は満足するはずだ。

西次郎だって、咲良が桃矢の使鬼となったあの日に、すでに覚悟はできている。

ざらざらと囁く柳の誘惑。

そのほうが楽だと、桃矢だって分かっていた。

それでも桃矢は選べない。

咲良に万が一のことがあれば、生き続けられる自信がなかったから。

本当の自分を隠し続けなければならない世界。家族にすら厭われる桃矢を、愛し、受け入れてくれる希望の光。

咲良は人よりも強い。だが桃矢が戦わなければならないのは、咲良と同じ鬼。優しい咲良が、理性を失った凶暴な悪鬼に勝てるとは限らないだろう。

だけど桃矢が咲良を戦場へ伴うのをよしとしない最たる理由は、他にあった。

咲良が鬼と戦う姿を――自分よりも強いという事実を、桃矢は受け入れられないのだ。

男として生きるために、桃矢は多くのものを犠牲にしてきた。いずれ鬼と戦う日のために、女と気付かれぬために、体が悲鳴を上げようと、心が涙を流そうと、酷使してきた。

咲良が容易く悪鬼を討伐してしまったら。桃矢が血の滲む思いで築き上げてきたものを、咲良があっさりと凌駕してしまったら。

あまりの虚しさに、正気を失ってしまうだろう。

「僕は弱いな」

橋を渡ろうとした桃矢を、眩暈が襲う。

強い自己嫌悪に加え、連日の寝不足と、いつ鬼が出てくるかもしれないという緊張。意地だけで抑えるには難しいほど、それらが疲労となって蓄積していた。

桃矢は細く長く息を吐き、静かに吸う。呼吸に合わせて眩暈は弱まり、しばらくして落ち着きを取り戻した。

安堵と共に深く吐き出した呼気。返す吸気に嫌なにおいを感じて、桃矢は反射的に姿勢を低くして前方へ飛び込んだ。

頭上に突風が吹き、桃矢の髪を揺らす。

どこに隠れていたのか。悪鬼が桃矢を狙って凶爪を振るったのだ。

間一髪で危機を逃れたものの、窮地を脱したわけではない。獲物を捕え損ねた悪鬼が、態勢を崩した桃矢の背に襲い掛かる。

「――くっ！」

桃矢は倒れ込む勢いを利用して、橋の上を転がった。

二撃目が腕を薄く切り裂く。勢い余った悪鬼の強靭な爪が、橋に線を刻んだ。

なんとか中腰まで起き上がった桃矢は、短刀を抜き放ち構えながら問うた。

「僕の使鬼にならないか？　僕と共に戦ってくれるのなら、人に戻してあげよう」

悪鬼は嘲笑うと、爪を立てて襲い掛かる。

桃矢は横に躱すと同時に、悪鬼の手首を狙った。

わずかな手応え。人であるならば、傷みを感じて隙ができる。

しかし悪鬼には通じない。迷うことなく桃矢を捉えるため腕を振るった。

視界が悪鬼の掌で覆われていく。鋭い爪が襲ってくるのを、桃矢はしっかりとその目に留めた。まるで時の流れが遅くなったみたいに。

桃矢は己の無謀を知る。

鬼倒隊の隊員が数人掛かりでも、死者が絶えない相手。自分一人で捕えられるはずがなかったのだ。

悪鬼の爪先が目前に迫る。

もう、逃げることなど不可能。

絶体絶命の状況に、桃矢は死を覚悟した。

（――ごめん、咲良）

脳裏に浮かんだ愛しい少女の笑顔に、心から許しを請う。

けれど、予想していた痛みが訪れることはなかった。代わりに暖かな雨が降り、悪鬼が橋の上に崩れ落ちる。

どしゃりと音を立てて桃矢の視界から消えた悪鬼の陰から現れたのは、鬼倒隊の赤い隊服をまとった鬼。鼻根から下を布で覆うその鬼を、桃矢は知っていた。以前、修学旅行で悪鬼に襲われた桃矢たちを救ってくれた、あの鬼だ。

鬼倒隊の隊服を着た鬼は、桃矢を哀しげに見つめる。

なぜそんな目を向けるのか。見当が付かない桃矢は困惑した。

鬼の目が桃矢の顔から腕へと落ちる。その視線に釣られ、桃矢も自身の腕を見た。

裂かれた袖が血に塗れている。悪鬼に負わされた傷だ。意識すると、傷みが襲ってきた。

桃矢は自身を嘲（あざけ）るように口の端を上げる。

鬼倒隊より先に悪鬼を見つけ出し使鬼とするのだと意気込んでいたのに、結果はこの様（ざま）だ。悪鬼に一矢報（いっしむく）いるどころか、助けが来なければ、この場で命を終えていただろう。

「大したことはありません。あなたには二度も助けられました。ありがとうございます。……止（とど）めを刺してもいいですか？」

桃矢は鬼倒隊の隊服を着た鬼の足元で痙攣（けいれん）している悪鬼を視線で示す。隊服を着た鬼は、ためらいを見せてから頷（うなず）いた。

頷き返した桃矢は、短刀に神力を込める。

「祓（はら）い給い清め給え」

討つのは二度目だというのに、悪鬼の心臓を狙う手は震えていた。

桃矢は左手で柄を握る右手を押さえ込み、深く息を吸い込む。覚悟を決めて、一気に振り下ろした。

短刀から掌へ伝わる不快感。表情が歪み、腹から熱いものが込み上げてくる。

肩で息をする桃矢の手の先で悪鬼の体が燃え上がり、火蝶となって天へ昇っていった。

謝罪の言葉は唇が門となり止める。命を奪った側が許しを求める傲慢さを、桃矢は知っていたから。

「……ごめ――っ！」

悪鬼が消滅すると、桃矢は懐から手拭いを出して腕の傷に巻いた。腕より胸が痛んでいたが、心に負った傷に包帯を巻く方法も、塗る薬も、桃矢は知らない。

呼吸を落ち着けた桃矢は、助けてくれた鬼に意識を向ける。

改めて彼を見ると、やはり咲良に似ていた。橘内酉作であろうかと考えるが、それよりも先に確かめなければならないことがある。

彼は桃矢を二度も助けた。理性を失った悪鬼であれば、あり得ない出来事。そして襲われた人を助けようとする、正義感まで持つ。

だから悪鬼と戦うための使鬼は、彼しかいないと感じた。しかし同時に、彼と血を交わすのは難しいだろうとも思う。

「もしやあなたは、誰かと血を交わしているのでしょうか？」

すでに他の者と血を交わしているのであれば、桃矢が横やりを入れるわけにはいかない。

懸念を口にすると、桃矢を見つめていた鬼が首を左右に振った。桃矢の顔に喜色が宿る。

「ならば、僕と血を交わしてくれませんか？　そうすれば、あなたは人の姿と理性を取り戻せます。ただし条件があります。僕と共に、鬼倒隊で人に危害を加える悪鬼と戦ってください」

桃矢は真っ直ぐに金色の瞳を見つめて頼む。

わずかに考える素振りを見せた鬼が、条件を返した。

「夜だけならば」

「それでいいです。任務の時間以外は、人を襲わなければ自由に過ごしてくれて構いません」

すでに血を交わしている咲良も、桃矢と四六時中共にいるわけではない。理性を取り戻したなら、仕事以外の時間まで縛り付けるつもりは初めからなかった。

ほっと表情を緩めた鬼が桃矢の腕に触れ、袖を濡らしている血を指に付けて口に含んだ。そして自分の指を爪で傷付ける。

差し出された指の血を、桃矢はためらうことなく舐めた。

咲良のときと同様に、体を焼くような痛みが奔ると思っていた桃矢は、何も起こらないことに拍子抜けする。鬼の姿も鬼のままだ。

「しくじったのか？」

桃矢は眉をひそめた。もう一度、鬼の血を飲もうかと思案していると、鬼のほうが先に口を開く。

「私に抵抗する気がないからかと。鬼の血に身を焼かれるのは、鬼が従うことに抗った結果。私の姿に関しては、気にしないでください」

「そうなのですね。では改めまして、僕は大河桃矢です。来春から鬼倒隊に入ることが決まっています。あなたの名前を教えていただけますか？」

「名前……」

鬼が戸惑った顔をした。視線を彷徨わせる彼の眉間にしわが寄っていく。

「憶えていないのですか？」

鬼となった者は、最愛の家族すら手に掛ける。家族を認識できないのなら、自分の名前も忘れてしまうのかもしれない。

彼に理性が残っているのなら、それはとても寂しく、哀しいことだろう。だけど、憶えていてもまた、辛いと思う。

桃矢の胸がぎゅっと締まった。

悲痛な表情を浮かべる桃矢を見た鬼が、辛そうに顔を歪める。

「昔の記憶を憶えていないわけではありません。朧掛かっていて、まるで他人の記憶を覗いているような感じではありますが」

「そうなのですね」

「ええ。ですが名乗ることには障りがありまして。よろしければ、桃矢様が名前を付けてはくださいませんか？」

「僕が？」

名とはその人物を表す言の葉。

そんな大切なものを自分が付けてもいいのだろうかと悩んだ桃矢は、先に気になっていたことを問う。

「橘内酉作という名に、心当たりがありませんか？　彼の娘と、あなたが似ているのです」

酉次郎には否定されたが、それでも自分自身で確かめたくて。

しかし目の前の鬼は、迷うことなく首を横に振った。

「私ではありませんね」

「そうですか。つまらぬことを聞きました」

酉作は鬼となった時点で二十歳を超えている。だが目の前にいる鬼は、桃矢と変わらぬ年頃だ。

やはり他人の空似だったかと、桃矢は気持ちを切り替える。

そして空を見上げた。

暗い紺藍に染め上げられた夜の空に開けられた、幾千もの針穴。そこから人々の心が闇で閉ざされぬようにと、光が零れ落ちている。

満天の星から目の前の鬼へ視線を落とし、桃矢は浮かんだ名を告げる。

「朔夜。――咲夜はどうでしょうか？　新月の夜に出会ったから。それにあなたは……」

そこで声を詰まらせた。

身勝手な願望を押し付けようとしていることに、気付いてしまったから。

咲良の柔らかな眼差しとは違う、鋭い目付き。表情のない冷たい印象。雰囲気はまるで正反対だし、声も違う。何より性別が異なる。

それなのに、なぜか重ねてしまう。

「すみません。取り消します」

「なぜですか？」

桃矢の心の内など知らぬ鬼が、疑問を投げた。

ちくりと、桃矢の胸を棘が刺す。

もしも咲良が男だったなら――

あり得ない空想。だけど、幾度となく夢見てしまった。

桃矢を心から愛してくれる咲良が男であれば、きっと桃矢が傷付かぬように、彼女を護り、代わりに戦ってくれただろうと。

想像の世界とはいえ、苦しみから逃れるために全てを咲良に押し付ける。

咲良は女で、戦いとは無縁の生活をしているというのに。誰よりも幸せになってほしいと願っているはずなのに。

そんな妄想を繰り返す自分に、何度も吐き気を覚えた。だというのに、今、桃矢は目の前の鬼に縋ろうとしている。

咲良の幻影を押し付けて――

どこまでも身勝手で。どこまでも醜くて。

泣きそうな顔で、桃矢は自分を嘲笑う。

「とても大切な人に、――誰よりも幸せになってほしいと思っているはずの人に、あなたが似ているから」

鬼が驚いたように目を見開いた。

茫然とする彼を見て、桃矢は自分の醜さを改めて自覚する。

「すみません。こんな名付け方はあなたに失礼ですよね？　少し時間を頂けますか？　ちゃんと考えて」

「いいえ。……いいえ。咲夜でお願いします」

鬼が嬉しそうに目を細めて名を受け取ったので、桃矢は唖然（あぜん）として、それから切なくなって苦笑した。

四章

桃矢の鬼倒隊入隊は、衝撃を持って迎えられた。

なにせ大河家の使鬼を実際に見たことのある者など、鬼倒隊にはもう在籍していない。悪鬼改めの頃から関わっていた家の者が、祖父や父から語り聞いている程度だ。

咲夜を連れて歩く桃矢に集まる視線には、疑心や恐怖が宿っていた。

とはいえ、そんな状況は束の間のこと。桃矢と咲夜が活躍するにつれて、すぐに払拭(ふっしょく)される。

命懸けの現場だ。悪鬼を制圧する力を持つ強者が、歓迎されこそすれ疎外されるはずがない。

日が経つにつれ受け入れられ、今では歓迎されていた。

そして桃矢と咲夜の関係も、出会った頃に比べて少しばかり変化している。

桃矢が敬語を用(もち)いることに、当初から咲夜は難色を示した。

使鬼としての自覚か、はたまた人であった頃の身分を気にしているのか。どちらにせよ、咲夜は桃矢の部下としての立ち位置を望んだ。

欠けた月が雲に覆われ、空も大地も闇色に染まる頃のこと。哀しげな犬の遠吠えが、夜の静寂を割って響く。

鬼倒隊の赤い隊服を着た桃矢は、数日前に悪鬼が現れたと報告された付近で咲夜と共に待機していた。

遊軍として単独行動を認められている桃矢は、巡回するのではなく一ヶ所で連絡を待つ。

「今夜こそは、見つかるといいのだが」

数日前に現れた悪鬼によって、すでに四人の隊員が負傷していた。

鬼に傷を負わされた者は、該当の鬼が討たれぬ限り鬼となってしまう。だから鬼討伐で負傷した隊員はもちろん、彼らと親しい隊員たちも、血眼（ちまなこ）になって此度（こたび）現れた悪鬼を探し斃（たお）そうと、町中を駆け回っていた。

その熱い思いが、隊の士気を上げ、未熟な兵卒でも悪鬼を追い込むまでの気迫に繋がっている。

しかし同時に、殉職者の数を増やす要因ともなっていた。人が決死の覚悟を持ったとしても、人外の力を持つ悪鬼に敵（かな）うとは限らないから。

湿気た空気が体にまとわりつく。

一雨来るだろうかと桃矢が空を見上げたとき、銃声が響いた。

「桃矢様」

「ああ、行こう」

桃矢が素早く印を結び咲夜を強化する。桃矢を抱えた咲夜は夜の町を疾走した。

人どころか、馬ですら出せぬ神速。幾度経験しても、桃矢は胃の腑がぎゅっと握り絞められる気分に襲われる。

「大丈夫ですか？」

「僕のことは気にせず、鬼を」

咲夜の足が速いとはいっても、相手も鬼だ。逃走されれば追いつけるとは限らない。一刻も早く現場に駆け付け、討伐しなければならなかった。

だから桃矢は、息を詰めて気持ち悪さに耐える。

駆け付けた先では、すでに負傷者が出ていた。

五人一組の班の内、三人は戦闘不能。残り二人も悪鬼の気を引き付けるので精一杯。鬼縛符を発動させる余裕はなさそうだ。

「咲夜！」

「お任せください」

地面に下ろされた桃矢は、御神刀を抜き放ち構える。

本能で危機を覚ったのか。悪鬼が隊員たちから意識を逸らし、逃げようと動き出した。

だがそんな悪鬼の前に、咲夜が立ちふさがる。

「どこへ行くつもりですか？」

悪鬼を殴り、地面に押さえ付けた。

うつ伏せで倒れる悪鬼の心臓を、桃矢は背側から御神刀で貫く。

幾度も共に戦ったことで、桃矢が悪鬼を討つことにまで罪悪感を抱いていると気付いたのだろう。咲夜は悪鬼の顔が桃矢から見えないように配慮してくれる。

それでも悪鬼を討つたびに、桃矢は御神刀を持つ掌から自身が蝕まれ、心にひびが入っていくのを感じた。

「安らかに眠られよ」

悪鬼が神炎に包まれ、蛍火が舞う。

命を運ぶ蛍たちが一匹残らず天へと還っていったのを確かめると、桃矢は隊員たちに体の向きを変える。

深手を負ってもなお悪鬼を睨み付けていた隊員が、深く息を吐くと共に破顔した。

双眸から溢れる涙は、命の危機を脱したことだけではなく、鬼化の恐怖から解放された安堵と歓喜の現れだろう。

「すぐに手当てをします」

桃矢は背負っていた背嚢（はいのう）から薬や包帯を取り出すと、負傷者のもとへ駆け寄った。

医者のようにはできなくとも、応急処置の仕方は酉次郎に教わっている。素早く的確に、血止めを施（ほどこ）していく。

「助かりました。ありがとうございます」

「礼は咲夜に」

桃矢が短く返すと、嗚咽（おえつ）する隊員が何度も大きく頷（うなず）いた。

泣きじゃくる隊員の手当てを終える頃には、巡回していた別の班が駆けつけて合流している。

そして眠っていたのか、あるいは声を殺していたのか。物音一つ発していなかった民家からも人が出てきて、夜の闇に歓声が響いた。

「悪鬼を討ったぞ！」

「ありがとうございます。これで安心して眠れます」

沸き立つ民衆。

けれど、その中の一人が咲夜に気付いて指差したことを切っ掛けに、歓声は騒（ざわ）めきと化して静まり返った。

桃矢が鬼倒隊に入ってから、幾度も繰り返されたこと。

治療の手を止めて、桃矢は咲夜のもとへ向かう。

「今夜もよく鬼を討伐してくれたね。咲夜」

労い（ねぎら）の言葉を掛けると、咲夜が跪く（ひざまず）。

「桃矢様のお役に立てましたなら、幸いにございます」

咲夜に助けられてばかりの桃矢にしてみれば、主人風を吹かすなど烏滸（おこ）がましく思える。

しかし他の人々にとっては、そうではない。

「あれが、噂で聞く鬼倒隊の鬼か」

「大河様のお坊ちゃまなんだろ？　本当に鬼を従えているのだな」

人である桃矢が、鬼の咲夜を従わせている。

たとえ事実と異なろうとも、鬼を恐れる人々の心に安心感を与えるには、有効な一手だった。

桃矢と咲夜の茶番劇を見て、咲夜に怯え（おび）ていた民衆の間に安堵（あんど）が広がっていく。

「大河様、万歳！」

「大河様、万歳！　鬼倒隊、万歳！」

誰かが叫んだのを皮切りに、周りも続いて叫び出す。

いつの間にか野次馬の数は増え、桃矢たちを中心に人だかりを作っていた。更には誰が持ち込んだのか、酒まで振る舞われる始末。

深夜だというのに、祭りの如き賑わいが、夜の静けさを打ち壊す。

下戸の桃矢は、渡された酒に頬を引きつらせた。この状況で断るのは、あまりに無粋。

諦めて飲むかと覚悟を決めたとき、横から手が伸びてくる。

桃矢が持つ枡を奪った咲夜が一気に飲み干して、彼女は事なきを得た。

「ありがとう」

「構いません。蟒蛇ですから」

鬼らしく酒豪の咲夜は、幾ら飲まされても顔色一つ変えない。

負傷していた隊員が、合流した隊員の肩を借りて桃矢たちに近付いてくる。

「大河殿、咲夜殿。ありがとうございました。お二人のお陰で、今朝は怯えずに寝られそうです。このご恩は忘れません」

桃矢だけではなく鬼の咲夜にも、深く頭を下げて礼を告げた。彼に肩を貸す隊員もまた、頭を下げて感謝の意を示す。

自分がいつ鬼と化して討伐されるか分からない恐怖は、悪鬼によって傷を負わされた者の心を深く蝕む。

その苦しみから解放されたのだ。相手が鬼であろうとも、感謝の念は自然と湧いてくる。

「悪鬼を討てたのは、皆様が悪鬼を足止めしてくださったお陰です。生還をお喜び申し上げます」

桃矢は笑顔で喜んだ。その一方で、自身が天に還した、かつては人であったはずの存在に、心の中で謝罪する。

大河の血をもってすれば、咲良や咲夜のように、人へ戻してやれたかもしれない。

けれども桃矢は己の血を与えず、悪鬼の血も望まなかった。

桃矢に万が一のことがあれば、咲良と咲夜は桃矢の血で抑えていた鬼の狂気が暴走し、普通の鬼以上に危険な存在になるだろうと、咲夜から聞かされていたから。

その説明を受けたとき、桃矢が顔を青ざめさせたのは言うまでもない。

危険な鬼を解き放ってしまう可能性に罪の意識を感じたのはもちろんだが、自分の命が咲良の運命に直結していることに慄(おのの)いた。

それは、自分の命を奪われる以上に耐えがたい恐怖。優しい咲良が桃矢のせいで悪鬼と化すなど、想像もしたくない悪夢だ。

だから桃矢は、鬼と血を交わすことを自分に禁じた。

桃矢が鬼の血に耐えられなければ、咲良を巻き込んでしまうから。咲良にだけは、幸せであってほしいから。

しかし自分で決めたこととはいえ、救えたかもしれない鬼たちを見殺しにした後ろめたさは、桃矢を捕らえて離そうとしない。

歓喜の渦の中心にいながら、桃矢は罪の意識に抱きしめられて凍えていた。

「桃矢様」

左手に感じた温もりが、掌から腕を伝い、胸に達する。そして冷えた心を溶かしていく。

桃矢が今一番、欲しいと思っていた温もり。だけど、咲良がここにいるはずなどなくて。

驚きを顕わに顔を上げる。

視界に映るのは、やはり愛しい少女ではなかった。

「咲夜？」

桃矢と共に戦う彼女の使鬼が、微かに不安を帯びた金色の瞳で見つめていた。

「大丈夫ですよ、桃矢様。桃矢様は最善を尽くされました」

迷いのない口振りで断言する。

優しい言葉が胸の奥へ浸透していき、桃矢の傷をわずかに癒した。

早朝に家へ帰り着物姿に着替えた桃矢は、一眠りすると家を出た。

いつもは通らぬ道を選び、町の中を歩く。適当な店を見つけると、ふらりと入って朝食を済ませた。時刻は午前中だが、仕事を終えた桃矢にとっては夕食であろうか。

食事を済ませた桃矢は、目的もなく町の中を彷徨う。人々の笑い声に耳を澄ませ、弟をあやす幼い少女の姿に目を細める。

自分が護ったもの。護らなければならないもの。

なんのために戦うのかを心に刻むため、他愛ない日常を目に焼き付けていく。

ひたり。桃矢の足が止まる。

色取り取りの花が活けられた花屋の桶に、可憐な桜色の絹を幾重にもまとい、品よく佇む薔薇があった。

「綺麗でしょう？　如何ですか？」

足を向けた桃矢に、すかさず店番をしていた婦人が声を掛ける。その客向けの笑顔が、桃矢を見るなり驚きに変わっていった。

「あら？　もしかして、鬼倒隊の？」

目を丸くし、興奮で頬を朱に染める。

婦人の反応を見て、桃矢は照れを誤魔化すように頬を掻く。

新政府が立ち上がり、異国との貿易で武器は進化した。しかし最新式の銃器をもってしても、強靭な肉体を持つ鬼に致命傷を与えることは難しい。従って、目に見える成果には繋がっていなかった。

むしろ、幕府が治めていた時代のほうが悪鬼に対する恐怖は少なかったと、懐かしむ老人すらいるほどだ。

そんな中に現れた、鬼を使役して悪鬼を討つ大河家の令息。人々の注目を浴びるのは必然であろう。

桃矢が悪鬼を討伐するたび、新聞社は大きく報じている。

「昨夜もご活躍だったのでしょう？　新聞を読みましたよ」

花屋の婦人は娘のようにはしゃいだ声で、桃矢の話を聞きたがった。

長くなりそうだと察した桃矢は、早々に切り抜けようと薔薇を指差す。

「一本だけでもいいだろうか？　花束を贈るほど特別な日ではないから」

「もちろん構いませんよ。奥様ですか？」

「残念ながらまだ独り身だ。幼馴染の家に行くから、土産代わりに持っていってやろうと思って」

「まあ。大河様に薔薇を贈っていただける幼馴染だなんて、羨ましいわ」

悲鳴にも似た甲高い声で喋り続けながら、婦人は薔薇を包紙で巻いていく。

「ありがとう」

「どういたしまして。きっと喜んでくれますよ」

花屋から離れた桃矢は、渡された薔薇にそっと鼻を寄せた。息を吸うと、甘い香りが鼻から胸を満たしていく。

自然と目尻が下がり、橘内家へ急いだ。

桃矢が橘内家に辿り着くと、いつものように咲良が出迎える。

「お昼は召し上がりましたか？」

「外で朝食を食べてきたばかりだ」

「まあ。せっかくお出でになるのなら、外食などせず、咲良の料理を召し上がってくださればいいのに」

「すまない」

手を煩わせるのは申し訳ないと外で済ませてきたのだが、咲良には逆効果だったらしい。悲しげに眉を下げられてしまう。

「お詫びだ。機嫌を直しておくれ」

すかさず桃矢は道中で買った薔薇を差し出した。

「綺麗な薔薇ですね。さっそく飾らせていただきます」

咲良はいそいそと花器を取り出して薔薇を活ける。

一本の薔薇にはまだ硬い蕾が幾つか付いていたけれど、今咲いているのは一輪のみ。

それでも充分に部屋を華やかに彩り、甘い香りで満たす。

「咲良みたいだな」

ぽつりと呟いた桃矢を、咲良が不思議そうに見つめた。

「一輪あるだけで、心を癒し明るくしてくれる」

そして、洗っても洗っても取れぬ、体に染みついた血の匂いを拭ってくれる。

咲良の傍にいるときだけは、鬼の命を奪った罪悪感を忘れられた。

「まあ！　嬉しい。桃矢様のお心を癒せるのでしたら、いつでも桃矢様のお傍にいますよ？」

「ありがとう」

胸の前で手を合わせ微笑む咲良は、慈愛に満ちていて。桃矢はその胸に縋って泣きたくなる。

もう戦いたくないのだと。全てを投げ出して逃げてしまいたいのだと。

そんな本心を晒け出したとしても、咲良は桃矢を責めはしないだろう。受け止めて、許して、共に逃げようとすら言ってくれるかもしれない。

甘く蕩けそうな誘惑。だけど、桃矢は選べない。

今にも崩れ落ちそうな砂上に立つ自分は、均衡を崩せばそのまま倒れて砂に埋まり、もう立ち上がれなくなると気付いているから。

桃矢の手が咲良へ伸びる。

「咲良、ありがとう」

色白の頬に触れると、柔らかく目を閉じた咲良が、幸せそうな顔を桃矢の掌に擦り寄せた。

剣だこだらけの桃矢の手では傷を付けてしまいそうな、きめ細かな肌。

この麗しい花が寄り添い続けていなければ、桃矢の心は荊で覆われ、ぐしゃぐしゃになっていただろう。

「僕と出会ってくれて」

咲良の目蓋がゆっくりと上がる。

「僕の傍にいてくれて」

澄んだ瞳が、桃矢を愛おしげに見つめた。

「咲良も、桃矢様と出会えて幸せです。生まれてきてくれて、今日も生きていてくれて、ありがとうございます、桃矢様」

咲良が嬉しそうに微笑んだ。それだけで、桃矢の心は軽くなる。

だけどその日はなぜか、桃矢の脳裏に咲夜の顔が浮かんだ。

後ろめたい気持ちがして、桃矢は咲良から目を逸らした。

桃矢が鬼倒隊に入隊して半年が過ぎた。季節は秋を迎え、涼やかな風と共に虫の音が響く。

鬼倒隊における桃矢の生活は、傍から見れば順風だった。

華族の血筋でありながら一兵卒として入隊を志願し、最前線に立って悪鬼と戦う勇敢な青年。その身分に胡坐を掻かぬ姿に、民衆からの好感度は鰻上りだ。

そして鬼倒隊の隊員からの評判もよかった。

隊員たちは無理に悪鬼と対峙せずとも、足止めさえすればいい。桃矢と咲夜が駆け付けるまで持ち堪えれば、二人が悪鬼を討伐してくれるのだから。

死傷者の数が減ったことはもちろん、鬼の発見から討伐までの期間が短縮されたことで、鬼と化す隊員が大幅に減っている。

命懸けの現場に身を置く者たちが、この変化を喜ばぬはずがない。

だが現場から離れた場にいる者までもが、桃矢の存在を喜ぶとは限らなかった。その筆頭が、桃矢の父であり大河家の当主である貴尾である。

その日。

桃矢は珍しく貴尾の書斎に呼び出された。

自分の存在を憶えていたのかと自嘲を含みつつ、久方ぶりに母屋へ足を踏み入れる。

書斎の前に座ると声を掛けた。

「桃矢です。参りました」

「入れ」

桃矢が貴尾の声を聞くのは、年始に親族が集まった日以来。親族たちと話す声が、離れた位置にいた桃矢にも届いたから。桃矢自身が声を掛けられたのが、いつだったかは、記憶にない。もしかすると、そんな日はなかったのかもしれないと、桃矢は思う。

そんな環境でも父の声だと分かってしまうのだから、親子の絆とは恐ろしいものだ。

「失礼いたします」

桃矢は静かに襖を開け一礼する。それから拳を畳につき膝行して中へ入ると、襖を閉めて貴尾のほうへ膝を向けた。

「お呼びでしょうか？」

感情を乗せることなく淡々と問う桃矢に、貴尾は苦い顔をする。

「用件は分かっているだろう？」

苛立ちを隠しもしない声が、桃矢の心を掻き乱す。

呼び出される心当たりなど、一つしかない。

選抜された男たちですら生き残るのが難しい鬼倒隊の兵卒。どんなに鍛えようとも、男と女では肉体の頑丈さも身体能力も異なる。女である桃矢なら、すぐに命を落とすと貴尾は踏んでいたはずだ。

だが、桃矢は未だに生きている。

てしまったから。

桃矢の中で、貴尾に認めてほしいと切望する感情は薄れていた。求めることに疲れてしまったから。

それでも、実の親から自分が生き残っていることに不快感を示されたのだ。穏やかでいられるほど桃矢の心は強くなかった。

息苦しくて、目の前が暗くなる。暴れたくなる衝動を抑え込むため、桃矢は拳を握りしめ目蓋を閉じた。深く、深く、肺腑が空になるまで、荒れくるう感情を押し出すように、静かに息を吐き出す。

「はて？　心当たりはありませんが」

顔を上げた桃矢の瞳からは、光が消えていた。

視界に映る世界に現実味はなく、まるで活動写真でも見ている心持ちだ。

「惚けるな！」

貴尾の顔が朱に染まる。殴りつけられた文机が音を立てて揺れた。

父親の激昂を目の当たりにしても、感情を削ぎ落した桃矢が反応を示すことはない。

「なぜお前を士官学校へ行かせずに、鬼倒隊へ兵卒として志願させたと思っている？　なぜ、お前が鬼を使役している？」

桃矢の心が冷えていく。

鬼倒隊へ入隊してから、すでに半年が経つ。あまりに今さらな話だ。どれだけ桃矢に興味がなかったのか、見せ付けられた気がした。

「なぜ鬼倒隊へ、と聞かれますか？　……そうですね。僕を殺すため、ですか？　お父上様のお綺麗なお手を汚さずに。大河の名にも傷を付けずに」

凍りついた声が、抑揚もなく口から滑り落ちる。

意外なことに、貴尾が息を呑んだ。

桃矢は怪訝に思い、薄目で彼の様子を窺う。もしや、否定するのだろうかと。だがわずかに過った甘い期待は、即座に裏切られる。

憤怒の形相となった貴尾は、机上の拳を震わせながら桃矢を血走った眼で睨んでいた。

「父親に向かってなんだ、その言い様は？　お前は親をなんだと思っている？」

思わぬ発言を耳にして、桃矢の口から失笑が零れる。同時に、親である自覚があったのかと、驚愕していた。それから一拍を置いて気持ちが落ち着いたところで、思考を廻らせる。

自分は彼らを、どう思っているのだろうかと。

かつては焦がれるほどに、彼らからの愛情を欲した。愛してほしくて。認めてほしくて。せめて振り向いてほしくて。自分を偽り、殺し、彼らの望みを叶えるためだけに生きる道を選んだほどに。

しかし、どれほど願おうと叶わないのだと、華族学問院最後の年に思い知らされている。

誰からも護られる立場にない、ただの兵卒として鬼倒隊へ入る。それは、桃矢が先程自ら口にした通りの意味を持つのだから。

考えるほどに、桃矢の体が重みを増していく。

「お前のような存在を、家に置いてやっているのだぞ？　他家ならば、お前のような気味の悪い生き物、すでに処分されているだろうに。お前には親に感謝するという、当たり前の道徳心さえないのか？」

しんしんと、桃矢の心に雪が降り積もる。

寒くて。怠くて。気を抜けば意識が遠退きそうだ。

桃矢は早くこの不快な会話を終わらせたくて、凍えて硬くなっていた口を動かし質問に答えた。

「僕に親はいません」

言葉にしたとたん、心臓がゆっくりと、けれど大きく脈動する。一度に大量の血液を流し込まれ、脳が破裂するのではないかと思うほどの頭痛が襲う。

桃矢は酷い眩暈を覚えたが、貴尾の前で無様な姿を見せたくなくて、全身に意識を集中して凌ぐ。

「お前……」

貴尾が愕然として桃矢を見た。

どんな扱いをしても、子は親を慕い続けるとでも思っていたのか。顔から血の気が失せていく。極限まで青ざめると、今度は朱で上塗りされた。

顔を真っ赤にして目を怒らせた貴尾が、怒りに任せて桃矢を罵る。

けれど、桃矢はそんな貴尾を認識できていなかった。極限状態の精神が、外界を拒絶する。視界は白く染まり、深い霧の中。聴覚は水中に沈んだかのように音が聞き取れない。

今にも意識が遠退きそうな体を、崩れ落ちないように支えるだけで精一杯。早く自室へ戻り、倒れ込みたかった。

「話が終わったのなら、もう失礼してもよろしいでしょうか？」

桃矢が自分の言葉を遮るなど、思いもよらなかったのだろう。罵声を浴びせていた貴尾が目を見開き、餌を強請る鯉のように口をはくはくと動かす。

答えが返ってこないのを承諾と見て、桃矢は膝を繰り貴尾に背を向ける。襖を開けるために、鉛のように重くなっていた手を引手まで持ち上げたのは、桃矢なりの意地だったのかもしれない。

静かに開いた襖の隙間から、涼やかな風が吹き込んできた。火照った体の熱がさらわれて、桃矢は心地よさに息を吐く。

だが次の瞬間。貴尾から怒声が飛んできた。

「恩知らずの親不孝者が！」

ぴたり。襖を開け放とうとしていた桃矢の手が止まる。

父母の恩は、山よりも高く海よりも深しというけれど、自分はいったい、どれほどの恩を受けたというのだろう。

肉体を与えられ、この世に誕生させられたことか。今まで生かしてもらえたことか。いずれも大きな恩であるに違いない。

しかし桃矢の親であることを拒み続けてきたのは、貴尾のほうだ。親を求める桃矢に、彼は一度たりとて応えなかった。それなのに、桃矢は一方的に親を慕い、報い続けなければならないのか。

この命を差し出してまで。

「失礼します」

襖を開け切って廊下へ出た桃矢は、額づいた後に襖を閉める。

一筋の涙が頬を伝い、床に落ちた。

ふっくらと膨らんだ月を、桃矢は咲夜と並んで眺めていた。彼女の横顔には憔悴の色が濃く落ちている。

鬼を討つたびに、桃矢はひび割れた心から、砂のような欠片が零れていくのを感じていた。それはきっと失ってはならないもので。砂が零れるごとに顔から笑みが消えていく。

ましてや今日は貴尾に呼び出され、久しぶりに顔を合わせて言葉を交わした。

どんなに吹っ切ったつもりでいても、親の言動は子の心を深く抉る。今日一日で、どれほどの欠片が零れていっただろうか。

「疲れたな」

ぽつり。口からそんな言葉が零れた。

無意識だったため、桃矢自身が目を瞠る。そして、自分の本心に気付いてしまった。

もう、全てに終止符を打ちたいのだと。

ひびだらけの心が、ついに砕け始める。

咲良と咲夜のために生きなければならない。そう自分を奮い立たせようと試みるが、一度砕けた硝子を元に戻すのは至難の業。桃矢の思考はずぐずぐと、暗い闇に沈んでいく。

多くの人が、桃矢を称賛してくれる。だけど、自分の偽りの姿しか知らない彼らの声は、桃矢の奥深くまでは届かない。

桃矢の心を揺さぶるのはただ一人。けれどその少女の存在さえもが、今の桃矢には重荷に感じた。

月に向かって手を伸ばす。

指の隙間から覗く白い月。あそこへ行けば、この鉛（なまり）のように重い肉体から解放されるだろうか。ならば——

想像した桃矢の口角が上がる。

「桃矢様？」

隣に立つ彼女の使鬼が、焦った様子で名を呼んだ。血の気が引いた咲夜の顔は、絶望に染まっている。

桃矢の目が緩やかに動き、咲夜を捉えた。

生き残るために血を交わし、桃矢の代わりに戦わせている存在。

ずぐり。桃矢の胸が強い痛みを訴える。

使鬼とならずとも、彼は理性を保っていたのに。桃矢に利用され、そして今度こそ、理性を失い悪鬼と化すかもしれない。

ずぐり。ずぐり。

痛みは胸だけでなく、頭の中にまで侵入してくる。

今ならまだ引き返せるかもしれない。だけどもう、桃矢は立っていることすら耐えられなかった。

何もかも捨ててこのまま横たわり、永久の眠りに就きたいと願う。

「ごめん」

「桃矢様？　いったい何を謝って——」

夜の町に銃声が鳴り響き、咲夜の言葉を遮った。

「行こう。……血の契り交わせし者に、力授け給え」

桃矢は咲夜を強化する。

迷う素振りをみせた咲夜だが、任務を放棄するわけにはいかない。桃矢を連れて悪鬼のもとへ向かう。

現場にはすぐに辿り着いた。隊員たちに重傷者は見当たらず、悪鬼の気を引き付けている。

桃矢を地面に下ろした咲夜が、即座に悪鬼へ向かっていった。

「ごめん、咲夜。怨んでくれて、構わないから」

咲夜に掛けていた強化の神術を、桃矢は解除する。

「——っ⁉」

急に弱体化した体に対して、咲夜が戸惑いの表情を浮かべた。それを悪鬼が気遣うはずなどなく、凶爪が咲夜を襲う。

困惑しながらも、咲夜は身を引いて躱す。不安と怯えを含んだ目で幾度も桃矢を窺いながら、悪鬼に立ち向かっていた。

桃矢は御神刀を抜き放つ。その刃に神力は通していない。

煌めく刃に映っている桃矢の顔には、いつもの張り詰めた表情が消えていた。

視線を悪鬼へ移した桃矢が走り出す。

「桃矢様⁉　まだ来てはいけません！」

悲鳴にも似た咲夜の叫び声。だけど桃矢は止まらない。悪鬼の背後から、御神刀を振るう。

桃矢に気付いた悪鬼が振り向きざまに、凶爪で刃を防いだ。

御神刀が硬質な音を立てて弾かれ、彼女の手から離れた。

にまりと嗤った悪鬼の凶爪が、今度は桃矢の咽元へ吸い込まれていく。

――これで、終わりだ。

桃矢の顔に、穏やかな笑みが浮かぶ。

けれど、彼女が痛みを感じることはなかった。腕を引っ張られ、視界を赤い隊服が覆う。

「咲夜？」

凶爪が届く寸でのところで、咲夜が桃矢を庇ったから。桃矢の咽の代わりに、咲夜の左胸から腹が切り裂かれ、血が飛沫く。

静まり返った世界に、かつりと何かが地面に落ちた音が響いた。桃矢の視線は咲夜の後頭部から、音がしたほうへ向かう。

地に堕ちた満月か。輝く丸いものが地面を転がる。弧を描いて桃矢の足もとまで来ると、力尽きたか倒れた。

「なぜ？」

桃矢は愕然とする。

満月の輝きを失って黒く染まった小さな新月。月面に浮かぶのは、淡く輝いた金糸が描く桃の花。

咲夜が悪鬼に反撃し、激しい戦いを再開したというのに、桃矢は目もくれない。地面に膝をつき、儚げに光る桃の花を拾った。

掌中にすっぽりと収まる身護り鏡。黒漆に桃の花を施した沈金は、咲良が頼んで作ってもらった、この世に唯一つのもの。

「なぜ、咲夜がこの鏡を？」

桃矢の頭の中が混乱する。

似ていると思っていた。

だけど咲良は女で。咲夜は男で。

「あ……」

桃矢は女で。だけど大河桃矢は男で――

「まさ、か……」

桃矢は己の罪に辿り着く。

巻き込みたくなかった。たとえ相手が人を襲う悪鬼であろうとも、命を奪う苦しみは、心を締め付け壊していく。

幸せでいてほしかった。戦いの場は恐ろしく、怪我を負えば泣きたくなるほど痛いから。

だから桃矢は、使鬼として咲良が戦うことを望まなかったのだ。

それなのに。

咲良は桃矢と共に戦う道を選んでしまった。女のままであれば桃矢が反対すると考え、男となって。

桃矢の胸が、どくり、どくりと早鐘を打つ。

桃矢はたとえ相手が悪鬼であろうとも、命を奪いたくなどなかった。戦いの場に赴きたくなどなかった。

だけど桃矢が一番苦しかったのは、女でありながら、男として生き続けなければならなかったこと。

「あ、嗚呼(ああ)……」

桃矢は桃の花の身護(みまも)り鏡を抱きしめ蹲(うずくま)る。

最悪の選択を咲良に取らせてしまっていたことに、良心の呵責(かしゃく)が耐えられなかったから。

「大河殿、大丈夫ですか？」

桃矢の異変に気付いた隊員が声を掛けてきた。けれど桃矢は答えられない。

巧(うま)く息が吸えず、耳鳴りがする。

外に意識を向ける余裕などなかった。


「鬼縛符を展開！　咲夜殿は鬼を結界の中へ追い込んでください！　鶴符(かくふ)を飛ばして御神刀を扱える方を派遣していただく！　皆はそれまで耐えよ！」

班長が指示を出し、隊員たちが即座に動き出す。一間ほどの距離を取って鬼縛符を四方の地面に置き、手を添えた。

準備ができたところで、咲夜が深手を負わせて弱らせた悪鬼を結界の中へ押し込む。

「今だ！」

合図と共に隊員たちが鬼縛符に神力を注ぎ込み、結界を展開した。

動きを封じられた悪鬼が自由を得ようと吠(ほ)えるのに目もくれず、咲夜は桃矢のもとへ駆け付ける。

「桃矢様！　大丈夫ですか⁉」

桃矢は呼吸のたびに肩を大きく揺らす。蹲っているのも辛そうな桃矢を支えるため、咲夜がその腕に手を添えた。

すると桃矢の体がびくりと強張る。その反応は、まるで咲夜を拒絶しているみたいで。

「桃矢様？」

咲夜の声が絶望の色を帯びて震えた。

名を呼ばれたからか。桃矢がぎこちない動作で顔を上げる。

月明かりでも分かるほどに青ざめた顔は、今にも泣き出しそうに歪んでいた。指先で軽く触れただけでも砕け散ってしまいそうなその表情に、咲夜は息を呑む。

いったい何が、桃矢をここまで追い込んでしまったのか。

今夜は会ったときから様子がおかしかった。だがそれでも、ここまで酷くはなかったのだ。

まだ、壊れ切ってはいなかった――

咲夜が見つめる中、桃矢の唇が動く。

「咲良、ごめ……」

とくりと、咲夜の心臓が跳ねた。

知られてしまったのだ。自分が咲良であると。桃矢を騙していたのだと。

「なぜ……？」

咲夜の心を恐怖が支配していく。彼にとって、桃矢に見捨てられることほど恐ろしいものはない。

どう弁明すれば許してもらえるか。咲夜は必死に考える。桃矢が許してくれるのなら、自分はどんな罰だって喜んで受け入れるだろう。

「咲夜殿！　大河殿の容体は？」

事情を知らぬ班長が問い掛けてきた。

答えることはできない。咲夜が実は桃矢が大切にしている少女だなど、咲夜にとっても、桃矢にとっても、都合が悪すぎる。

「医者に連れていきます」

悪鬼はすでに捕えているのだ。結界は最小だから、神力の消費は少ない。

すでに合流している他の班の隊員たちと交替しながら神力を流し込めば、御神刀を扱える者が到着するまでの間くらいは、余裕を持って耐えられる。

咲夜は桃矢を抱き上げると、全力で走り出す。背後から彼を止める声がしたけれど、足を緩めるつもりはない。彼にとって大切なのは、腕の中で震える少女だけなのだから。

「桃矢様」

愛する少女の身を案じて視線を落とした咲夜は、彼女が握りしめているものに気付く。

彼が常に身につけていた、桃の花が描かれた身護り鏡。胸の衣嚢に入れていたが、悪鬼から桃矢を護ろうとしたときに凶爪が掛かり、布が裂けて落ちた。それが桃矢の手に渡り、真相を知らせてしまったのだ。

咲夜は己の失態を胸の内でなじりながら、夜の町を疾走した。


桃矢が目を覚ますと、そこは彼女が暮らす大河家の自室ではなかった。

煤けた杉の天井。色褪せた畳。古布を継ぎ合わせて作られた、薄い布団。雨戸の隙間からは夕日が差し込む。

ここはどこだろうかと視線を彷徨わせる桃矢だが、すぐに目蓋を閉じる。

どこでも構わなかった。もう、抵抗する気力など残っていない。何も考えず、体の力を抜いて微睡む。

しばらくすると、味噌汁の香りが漂ってきた。

生きることすらどうでもいいと思っていたのに、鼻先をくすぐられて空腹を覚える。

だけど起き上がる気力はなくて。桃矢はそのまま横たわっていた。

「まだ、眠っていらっしゃいますか？」

控えめな声が障子の向こうから掛けられる。

耳慣れた声。一番聞きたかった少女の声。だけど、一番聞きたくなかった声だ。

どうやら橘内家に連れてこられたらしいと理解した桃矢は、どう行動するべきかと考える。すぐにそれさえも億劫になって、止めてしまったけれど。

「……入ってもよろしいでしょうか？」

無意識に出た溜め息が聞こえたのか、咲良が再び声を掛けてきた。

桃矢の気持ちが重くなる。耳鳴りが煩くて、布団に潜ってしまいたい誘惑に駆られた。しかしそれではなんの解決にもならないと分かっている。

重い体に鞭を打ち、上体を起こす。上着は脱がされ、シャツとズボンだけになっていた。

「どうぞ」

「ありがとうございます」

静かに障子が開き、咲良が姿を現す。

いつもと変わらぬ少女の姿。

けれどいつもの笑顔は消えている。

部屋に入った咲良は両手を膝前につき、深く額ずいた。

「桃矢様を騙し続けて申し訳ございませんでした。ですが決して、悪意があってのことではありません。咲良は桃矢様のおためなら、なんだってできます。桃矢様が望むのであれば、喜んで今すぐこの命を差し出しましょう」

その言葉に偽りがないことは、長年傍にいた桃矢には明白だ。だからこそ、桃矢の心は締め付けられる。

こんなにも自分を想ってくれる相手を、自身を偽るほどにまで追い込んでしまった。

その上、全てを終わらせようと無謀な行動を取ったために、悪鬼の凶爪を受けることになったのだ。

自己嫌悪に眩暈を覚えながら、桃矢は咲良の胸元を見る。

「傷を負ったのではないか？　動いても大丈夫なのか？」

「もう治りました。咲良は鬼ですから、あの程度の怪我はすぐに回復します」

桃矢はほっとして、軽く胸を撫で下ろす。

「咲良、顔を上げて。謝るのは僕のほうだ。僕が君に嘘を吐かせてしまったのだろう？　僕が咲良に甘えてばかりだから、君は男の姿をして僕の前に」

「違います！」

咲良が桃矢の言葉を切って顔を上げた。酷く悲しげな咲良の表情が、桃矢の顔を歪ませる。

「違うのです」

一転して弱々しい声を出し、咲良は膝の上で拳を握りしめる。

「私は、桃矢様の傍にいたかった。桃矢様の一番でありたかった。だから、桃矢様を欺き続けたのです」

桃矢はぼんやりとした視界で咲良を眺めた。

真剣な話をしているのに、頭の中に靄が掛かっていて現実味が乏しい。

以前の桃矢なら、咲良が苦しむ姿を見れば胸がぎゅっと締め付けられて、その笑顔を取り戻さなければと必死になったはずなのに。今は優しい言葉を掛けることすら、億劫だった。

「桃矢様が、本当は女性でありたいと望んでいることは気付いていました。綺麗なものを愛で、装飾品で着飾り、甘いお菓子を食べて。けれどそんな些細な望みすら自制されていることに。だから咲良は、桃矢様がなりたいと思っていた理想の女性を演じたのです。咲良がもう一人の桃矢様になれば、桃矢様の特別であり続けられると思って」

咲良の懺悔を、桃矢は違和感を覚えつつ、霞が覆う頭の中で咀嚼する。もう噛み砕く必要のある欠片も残っていないほどとろとろになっても、脳が痞えてそれを呑み下すことができなかった。

次第に違和感が膨らみ、頭の中を占拠していく。ついには疑問へと育ち、桃矢に思考する力を取り戻させた。

「咲良？　何を謝っているのだ？　咲良は僕のために男のふりを——咲夜になったことを気に病んでいるのではないのか？」

桃矢の中では、咲良が偽っているのは、咲夜の件だけだ。けれど咲良は、咲夜の話をしていない。

いったい咲良は、何をもって桃矢を欺き続けたと言っているのか。

「もしも咲良が本来の性格を押し殺して、僕が望む女性を演じていたというのなら、それは咲良が謝ることではない。そんなふうにさせて、君を追い込んでしまった僕が謝ることだ。すまない」

「いいえ。桃矢様が咲良に謝ることなど、何もありません」

咲良が髪を振り乱して否定する。

困惑する桃矢の前で、咲良はずっと隠し続けてきた秘密を白状した。

「私は、元々男です。徴兵検査で鬼と露見せぬよう、お爺様が女として届け出ました。けれど、体は男です」

桃矢の頭の中で、膨らみすぎた疑問が弾けた。その勢いで、頭に掛かっていた霞が吹き飛んでいく。

ぱちり、ぱちりと瞬き、桃矢は咲良を凝視する。

目に映る少女は、どう見ても女で。本来は女であるはずの桃矢とは比べる由もないほどに可憐だ。

信じがたい真相。しかしここで咲良が偽りを述べる理由も見当たらず。

桃矢の思考は更なる混迷を極めていく。

「つまり、咲良は初めから男だったのに、僕のために女であることを選んだ？」

整理した言葉を口にして、桃矢は血の気が引いた。

性別を偽る苦しみを、桃矢は誰よりも知っている。だというのに、鬼倒隊に入ってからの半年間だけでなく、桃矢と出会ってから五年以上も、咲夜に同じ苦しみを味合わせていたのだから。

自分だけが苦しんでいると思い込み、咲良に理想を押し付けて。女として生きている咲良に、嫉妬した日さえあった。

「あ……」

全てが間違っていたのだ。

理解した桃矢を強い自責の念が襲う。

目を見開き口元を押さえる桃矢を見て、咲良が焦った顔をする。

「違います！　咲良は、咲良のために男だと明かさなかったのです。男だと知られてしまえば、他の人たちと同じように扱われると思ったから。咲良が桃矢様の特別ではなくなると思ったから。……桃矢様を誰にも奪われたくなくて、桃矢様とは逆の性別を選んだのです」

桃矢には、咲良の言っている意味が理解できなかった。

だって、桃矢は男として生きるのがとても辛かった。それなのに、自ら性別を偽るという選択が果たして本当に平気なのだろうかと、疑問が浮かぶ。

「咲良は、女になりたかったのか？」

「女でも、男でも、どちらでも構いません。咲良にとって大切なのは、桃矢様だけです。桃矢様から愛してもらえるのなら、女でも男でも、人でも鬼でも、構わないのです」

未だ混迷が収まらず、ぼんやりする桃矢に、咲良が必死に訴える。

「それは、使鬼だからか？　僕が咲良を縛っているのだろうか？」

「いいえ。それは違います。……桃矢様は、桃矢様のお爺様がどのように亡くなったか、ご存知ですよね？」

「ああ」

肯定した桃矢は、酉次郎から聞いた話を思い出す。

彼女の祖父大河貴一は、使鬼を自分に服従する駒としか見なかった。そのせいで酷い扱いをされた使鬼に見限られ、惨殺されている。

「血を交わしたからといって、鬼の意思がなくなるわけではありません。咲良は咲良の意思で、桃矢様を愛し、桃矢様のお傍にいたいと願っているのです。たとえ血の契りがなかろうと。咲良がただの人であろうと。咲良は桃矢様を誰よりもお慕いしております」

桃矢を真っ直ぐに見つめる咲良の瞳は、言葉以上に強く桃矢への愛を訴えていて。

桃矢は自分の視野がいかに狭くなっていたのか気が付いた。

愛されていたのだ。

桃矢が望んでいた、肉親からの愛ではない。

だけどそれらを補っても余りあるほどに、桃矢は咲良から愛され、必要とされていた。

桃矢の心に火が灯る。

その火はまだ小さいものの、温かくて、優しくて。冬空の下で凍えていた桃矢を優しく温めていく。融けた頬が緩んで、春が来たように笑みが芽吹いていった。

「もしも僕が全てを捨てても、傍にいてくれるだろうか？」

「もちろんです。桃矢様さえいてくだされば、後は何もいりません」

迷いも見せず、咲良は即答する。

「もしも僕が女になっても、愛してくれるだろうか？」

桃矢は咲良の真意を見逃さぬよう、その瞳を覗き込む。

咲良のことは信じていたけれど、桃矢の生きてきた境遇が、人を信じることに怯えを示す。咲良がわずかにでも拒絶の感情を浮かべたらと思うと、恐怖から手に汗が滲んだ。

不意を突かれて丸くなった咲良の目が、喜色に染まっていく。

「もちろんです。……正直に白状しますと、私はずっと、桃矢様に女性に戻ってほしいと思っていました。女性の姿を取り戻した桃矢様を思う存分甘やかし、私だけのものにしたいと。願わくば、私と夫婦になってほしいと。そんな分不相応な欲望を抱き続けていたのです」

咲良の右手が、桃矢の頬に触れる。

間近に迫る咲良の顔。その熱い瞳に囚われて、桃矢は息を呑む。

「お、女に戻った僕と、夫婦に？」

「はい。鬼の私では、桃矢様にお子を授けて差し上げることはできません。けれど、誰よりも桃矢様を愛し、大切にするとお約束いたします」

子を産み育てられないことは、性別を偽って生きなければならないと理解した幼少の頃から覚悟していた。だから桃矢にとっては大した問題ではない。

桃矢にとっての不安は、別の所にある。

「僕は女としての生き方を知らない。一から教えてもらわなければならない未熟者だ」

「私に全てお任せください。女性としての生き方は学んでおります。ですが、無理をなさらなくていいのですよ？　桃矢様は桃矢様でいてくだされば、それだけで充分なのですから」

男にも、女にも、なり切れなかった桃矢。それでも、咲良は構わないと言うのだ。

「ありがとう。……僕は、女に戻りたい。もう、戦うのは嫌だ。僕を愛してくれない父や母なんて――僕を嫌う家族なんて、いらない」

桃矢は心の蓋をわずかにずらしただけ。だけどその隙間から、抑え込んでいた感情がここぞとばかりに溢れ出す。

十六年間、溜め込んできたのだ。抑圧され続けた想いが、桃矢の内側で暴れ制御を失う。

「う、ああっ」

声を上げて泣き出した桃矢を、咲良が抱きしめる。桃矢は咲良の胸にしがみ付き、幼子のように泣いた。

ようやく表に出ることを許された桃矢の本心が、傷付いた痛みや抑え付けられていた苦しみを訴える。

次第に目蓋が熱を持ち、咽が嗄れていく。それでも桃矢は泣くのをやめられなかった。

「桃矢様、今までよく頑張りましたね。もう休んでもいいのですよ？　もう、自由になってもいいのですよ？　そしてどうか、もっと私を頼ってください」

咲良の手が、桃矢の頭を何度も繰り返し撫でる。

優しくて、温かくて。

桃矢には、心の奥で泣いていた幼い自分が笑った気がした。

もう大丈夫だねと、そう言って――

涙が尽きた桃矢は、気恥ずかしくなって咲良から身を離す。心の中は今まで経験したことのない、穏やかで満ち足りた状態だ。

「ごめん」

「いいえ」

俯いたままの桃矢の頬に、咲良の手が添えられる。

細く柔らかな手。桃矢は咲良の手をそう思っていたはずなのに、今、頬に感じる手は、自分のものよりも大きく硬く感じた。咲良の真実を知ったからといって、肉体が変化するはずはないのに。

「どうして？」

疑問を浮かべて顔を上げた桃矢の目尻に、咲良が口付けを落として涙を吸う。その顔が離れると、頬に触れていた掌の感覚も小さくなっていく。それは、いつもの咲良の手だった。

「触れる面積を控えていたのか」

男であると気取られぬために。

咲良が細やかな笑みを浮かべる。

「もっと触れたいと、桃矢様を感じたいという欲望と戦うのは、なかなか大変でした」

冗談に聞こえるがそれが本心であると、桃矢にはすぐ分かった。

性別を偽る苦痛は否定したのに、桃矢に触れられない苦しみを訴える。

頬に触れる咲良の掌の感触が広がって、桃矢は首まで真っ赤に染めた。恥ずかしさに押し負けて、咲良から顔を逸らし話題も変える。

「お、大河家から出ようと思う。だけど、勝手をする僕を父は許さないだろう。華族として優遇されることはなくなり、今までのように裕福な暮らしはできなくなる。それどころか大河家から圧力が掛かり、余計な面倒が舞い込むかもしれない。そんな僕でも、一緒に生きてくれるだろうか？」

蔑ろにされてはいても、男爵家の長子だ。大河家の格を保つため、桃矢は物質的には恵まれた生活を送ってきた。貴尾に逆らい家を出れば、それら全てを失うこととなる。

桃矢が進む道は、決して平坦なものではない。彼女と共に行くというのなら、咲良への負担も大きいだろう。

だというのに、咲良はいとも幸せそうに笑うのだ。

「嗚呼。嬉しい。大河家のご嫡子である桃矢様に士族の子供でしかない咲良が嫁げば、余計に桃矢様のお立場を悪くしてしまうと、お爺様から窘められていたのです。ですが桃矢様が大河家から出ると仰るのであれば、憂いなく私の嫁に迎えられますね？」

桃矢は息を呑む。

咲良が見たこともないほどに妖艶な笑みを浮かべて、金色に輝く瞳で見つめていたから。

獲物を捕らえて逃がさぬ獰猛な瞳に、心臓を鷲掴みにされた気がした。

「そうと決まれば、善は急げです。少し待っていてください」

立ち上がった咲良が障子の向こうに消えると、桃矢は詰めていた息を吐く。胸の鼓動が激しく刻まれ、体を締め付ける。

それは、咲良と咲夜に時折り感じては封じた恋心。だけどこんなに強い恋情なんて知らなくて。桃矢は巧く抑え込めない。

間を置かずに戻ってきた咲良の顔を見て、桃矢は動揺を隠せなかった。視線を忙しなく彷徨わせてしまう。

桃矢の異変に気付かぬ咲良ではなかろうに。しかし彼はわずかに余裕の笑みを浮かべるのみ。何事もなかったかのように、水を張った盥を桃矢の前に置く。

「どうぞ。お顔を洗ってください」

水鏡に映る涙でぐしゃぐしゃになった顔を見て、桃矢は慌てて盥に手を差し入れ顔を洗う。冷たい水が顔の火照りを和らげ気持ちがよい。

熱を取るためゆっくりと時間を掛けて洗うと、咲良が差し出す手拭いで水気を拭き取る。

「目蓋が腫れています。お召し物を用意してきますから、その間、冷やしていてくださいますか？」

「ああ。ありがとう」

濡らして絞った手拭いが、目元に宛がわれた。

いっそ顔ごと覆って隠したいと思いながら、桃矢は言われるままに手拭いを押さえて待つ。

部屋から出ていった咲良が持ってきたのは、女物の着物と帯。

「さ、お召し替えいたしましょう」

言うが早いか。桃矢が着ていたシャツとズボンを脱がせに掛かる。

心の整理がつかず、ぼんやりとしていた桃矢は、咲良に身を任せかけて我に返った。

「待て、咲良！　自分で脱げる！」

咲良は桃矢が女であることを知っている。だから以前の桃矢は、咲良に肌を見られても問題ないと考えていた。

けれど今は事情が違う。咲良が男だと知ってしまったのだから。

慌てて咲良を止める。

「今さらでございましょう？　桃矢様は女物のお着物は、お一人で着付けられませんし、咲良にお任せください」

「咲良がよくても僕の心の準備ができていない！　お願いだから、一人で着替えさせてくれ！」

桃矢の懇願が通じたのか。咲良は眉を下げて残念そうな顔をしつつも手を引いた。

「では、お召し替えが済みましたら、お声を掛けてください。食事にいたしましょう」

「分かった。ありがとう」

歌でも歌い出しそうなほど上機嫌な様子で退室する咲良を見送って、桃矢は肩を落とすと同時に深く息を吐く。

昨日からあまりに多くの出来事がありすぎて、桃矢の頭の中は未だ散らかっている。全てを整理するには、まだ時間を必要とするだろう。

けれど桃矢の気分は昨日までに比べて、ずっと晴れやかだ。

隊服を脱ぐと、咲良が用意してくれた着物に着替える。薄紅色の着物に菜の花色の帯を巻いて。若い娘が好む可愛らしい結び方は知らないから、男女共に使う貝ノ口になってしまったけれど。

人生二度目の娘姿。今度は素直に嬉しいと思えて、朱に染まる頬が緩む。

与えてくれたのは、どちらも咲良。

「男、なのだよな」

そう意識した途端、一気に顔が熱くなる。

咲良は、女に戻った桃矢を支える日を夢見ていたと言った。だけどそれは、彼だけではない。

桃矢もまた、咲良が男となり、女の桃矢を受け入れてくれる妄想を幾度も繰り返してきたのだ。そのたびに、叶わぬ願望だと諦め、咲良に失礼だと自分を責めた。

「夢ではないよな？」

あまりに都合がよくて。桃矢は自分の頬を抓ってみる。

「痛い」

「桃矢様!?」

声を発したとたんに障子が開き、咲良が飛び込んできた。自分の頬を抓る桃矢を見て、きょとんと目を瞬く。

「桃矢様？　お可愛らしいですけれども、何をしておられるのですか？」

「夢ではないかと思って、確かめていた」

視線を逸らして頬から手を離した桃矢に対して、咲良がふわりと笑う。

「夢ではありませんよ。咲良は男で、桃矢様を誰よりも愛しているのです。言葉だけでは信じられないと仰るならば、証明してみせましょうか？」

桃矢の前まで進んできた咲良の整った顔が、目前に迫る。うっとりと蕩けそうな眼差しが、桃矢の視界を覆っていく。

息が掛かりそうなほどの距離。

こほりと咳払が聞こえて、咲良の眉間にしわが刻まれた。

「お爺様？」

咲良が振り返り、桃矢も障子の向こうに目を向ける。

呆れた様子の西次郎が、土間に立って頭を抱えていた。

「咲良、自重しろ。桃矢様を疵物にするつもりか？」

ぐっと押し黙った咲良が、渋々桃矢から離れていく。

「さ、桃矢様。そこの不埒な孫は置いておいて、こちらにお出でなさい。腹が空きましたでしょう？」

西次郎に連れていかれる桃矢の背に、お預けされた犬のような、じとりとした咲良の視線が注がれる。

桃矢は少し可哀そうな気がして、咲良を残していくのをためらう。

けれど、あのまま流されていたら西次郎の言う通りになっていたかもしれないと思い直し、振り向くのはやめた。


日はすでに翳り、居間の天井には石油ランプが揺れていた。

咲良が用意した夕食を味わう桃矢に、西次郎が昨夜からの顛末を語る。

咲夜が咲良だと知って混乱状態に陥った桃矢を、咲良は橘内家へ連れ帰る。すでに意識を失っていた桃矢を西次郎が診察したが、大きな異常はなかったので奥で眠らせた。

「大河家と鬼倒隊には、私から報せを送っておきました。鬼倒隊のほうには、桃矢様は鬼を使役しすぎて衰弱状態のため、しばらくは安静が必要との診断書も添えておきました。ですから安心して、ゆっくり休まれるといいでしょう」

桃矢が錯乱した原因は、咲夜を戦わせていたからでも、神力の使いすぎからでもない。しかし真実を公にすることができない以上、桃矢を休ませるためには他の理由が必要となる。

幸いにも、今の鬼倒隊に、使鬼に関して正しい知識を持つ者はいない。だから西次郎の嘘に気付いて咎める者はいないと見越しての判断だった。

「お手間をお掛けしました。ありがとうございます」

桃矢は手際のよい西次郎に感心する一方で、鬼倒隊に連絡も入れずに休むところだったと反省する。

食事が済むと、居住まいを正して西次郎と向き合った。

「橘内先生、僕は大河家を出るつもりです。兵役が明ければ鬼倒隊から離れ、女として生きようと思います」

決意は固めたものの、口にすると胃の腑が重く感じた。

桃矢の決断に、西次郎が腕を組んで唸る。

この選択の先にある道が、決して平坦な道ではないと分かっているから。今までしがみ付いていたものを手放す難しさを、知っているから。

それでも西次郎は賛同の意思を示す。

「それがようございましょうな。いつまでも性別を偽るのは難しい。本来の姿に戻って幸せに暮らすのが一番です」

「志願兵の兵役は二年。明ければちょうど成人になります。そうしたら咲良と結婚して、新しい暮らしを始めようと思います。咲良と先生にはいらぬ苦労を掛けてしまうでしょうから、心苦しい気持ちはありますが」

桃矢がちらりと咲良を見やると、彼は任せろとばかりに大きく頷く。

「私は構いません。桃矢様と共に暮らせるというのに、何が苦労となりましょう？　ですが、兵役を終えるまで待つのですか？」

悪鬼に止めを刺すたびに表情が翳っていく桃矢を、咲良は咲夜として一番近くで見てきた。

兵役の残りはまだ一年半もある。志願兵故に本来の三年よりは短縮されるものの、その間も桃矢の心には傷が増えていくのだ。

咲良が顔をしかめて懸念する。

「仕方ないさ。男児の義務だから」

「ですが華族であれば、兵役を免除される場合もあるのでしょう？　そもそも桃矢様は女性。兵役の義務はないはずです」

「どちらも父が許さないよ」

咲良に向けて笑みを浮かべる桃矢だけれども、目には苦悶と悲哀の色が浮かぶ。

桃矢を後ろ盾もないただの兵卒として鬼倒隊に入隊させ、死を願うた父親だ。兵役を免除する手続きを取るはずがなく、ましてや秘中の秘である桃矢の性別を公にすることを許すはずもなかった。

仮に桃矢が全てを暴露したとしても、華族である貴尾なら揉み消せるだろう。そして大河家に瑕疵を付けた桃矢の存在もまた、消されかねない。

今は貴尾に従うしかないと、桃矢は考える。

顎を擦って考え込んでいた西次郎が、天井を見上げていた目を桃矢へ下げた。

「桃矢様はご実家から出られるだけですか？　それとも、縁を切るおつもりですか？」

指摘されて、桃矢は目を瞠る。

彼女は家を出て、大河家から距離を置くと決めた。だが、縁を切るとまでは考えていなかった。

似ているようで大きく異なる選択だ。

たとえ愛されていなくても。たとえ滅多に顔さえ合わさぬ関係だとしても。桃矢にとって大河家の人たちが肉親であることに変わりはない。

実の父母と弟を捨てるのか。

倫理観が胸を締め付ける。

答えを出せない桃矢の視線が迷い俯いていく。視界に入った自身の手は、膝の上で硬く拳を握り震えていた。

咲良が酉次郎を射殺さんばかりに据わった目で睨む。だが酉次郎は平然として取り合わない。

「兵役を終えたとて、鬼倒隊も帝都の者たちも、桃矢様を手放しはしないでしょう」

桃矢はあまりに活躍しすぎた。大河桃矢が鬼倒隊から抜ければ、悪鬼との戦いは以前の状態に戻ってしまう。隊員の多くが兵役を終える前に命を落とし、力のない人々は悪鬼に怯えて暮らす、そんな日々に。

桃矢は帝都で暮らす人々にとって希望であり、いなくてはならない存在になっている。

桃矢が女に戻るためには、大河家のみならず、帝都の平穏まで切り捨てなければならない。

彼女はただ生きたくて、もがいてきただけ。だけどその結果、あまりにも多くのものを背負わされていた。

「僕は……」

桃矢は答えられず口ごもる。

自分のことだけで精一杯で、帝都のことまで頭が回っていなかった。

指摘されて初めて意識する重み。気付いてしまえば自分の意思を貫きたいなどと無責任な言葉を口に出せようはずがなく。

沈黙する桃矢を、咲良が気遣わしげに見つめる。

「お爺様」

責める色を多分に含んで酉次郎を睨み付けると、すぐに表情を和らげ桃矢に寄り添う。震える桃矢の手を左手で包み込み、右手で肩を抱き寄せた。

「大丈夫ですよ、桃矢様。桃矢様が気に病むことなどありません。悪鬼への対策は、もっと上の人たちが考えることでしょう？」

「咲良」

桃矢は咲良の肩に寄り掛かり頭を預けた。右肩に触れる咲良の手に力がこもり、桃矢を更に抱き寄せる。

咲良の温もりを感じているだけで、桃矢の心に渦巻く不安は徐々に溶けていく。

「誤解をさせたようですな。咲良の言う通りです。桃矢様が気負うことはありません。本来ならば、政府と大河家当主が背負うべき事柄。しかし面倒事を嫌う者たちは、桃矢様に背負わせようと目論むでしょう。それ故に、本来の姿で生きるのであれば、徹底的に決別したほうがよろしいかと思うたまでです」

西次郎は桃矢を責めたわけではなかった。桃矢が自由を手に入れる過程で足を引っ張られないように、忠告してくれたのだ。

「ですが、鬼に理性を取り戻させ使鬼として悪鬼討伐に力を貸してもらえるのは、大河家の血を引く者だけなのでしょう？　今の段階で使鬼を持つのは僕だけ。ならば僕が逃げるわけにはいかないのではないでしょうか？」

桃矢の問いに、西次郎が首を横に振る。

「大河家には桃矢様以外にも、貴尾坊ちゃまと大貴坊ちゃまがおります。そもそも直系でなくとも血が受け継がれていれば、同様の奇跡を起こせるはずです。要するに、政府と大河家がその気になれば、鬼と契約できる者は他にも見つかるはずなのですよ」

鬼を傍に置く恐怖と、鬼が離反した際に最初に狙われる危険を恐れて、名乗り出る者がいないだけで。

西次郎の説明は、桃矢が過去に幾度か考察した内容と似ていた。

「逆に言うならば、桃矢様がいるからこそ、桃矢様だけに頼る事態が続いてしまうと言ってもいいでしょう」

西次郎がじいっと、桃矢の目の奥深くまで覗き込んでくる。

引き留めているのではなく、背中を押してくれているのだ。

西次郎の意図に気付いた桃矢の心から、重荷が薄らぎ消えていく。

「大河家と決別します」

涼やかな風が吹いた気がした。いつも彼女の周りに漂っていた重く息苦しい空気を吹き流し、爽やかな空気が流れ込んでくる。

桃矢は深く息を吸った。

呼吸とはこれほど軽やかなものだったろうかと、目を瞠る。呼吸だけではない。体も軽い気がして。

表情が自然と緩んだ。


大河家と縁を切ると決意した翌日。桃矢は松山邸を訪ねるため先触れを出した。

男爵位を持つ大河家と縁を切り、鬼倒隊からも離れると決めたのだ。ならばこの先、大河貴尾との衝突は避けられない。

貴尾に対抗するには、大河家よりも力を持ち、なお且つ桃矢の話を聞いてくれる人物に助力を求める必要がある。適した人物は、松山子爵以外に思い浮かばなかった。

鶴符が遠い空に飛んでいく。もう引き返すことはできない。見送った桃矢は、薄く開いていた障子を閉める。

鬼倒隊に安静が必要という診断書を提出して休んでいるため、迂闊に外を出歩くわけにもいかない。その上今は、女の着物をまとっている。人目に付くわけにはいかなかった。

だが部屋の中でじっと座っていると、不安が押し寄せてくる。

本当に大河家から解放されるのだろうか。鬼倒隊から離れられるのだろうか。

桃矢が鬱々と時を過ごしていると、土間から咲良が顔を覗かせた。

男だと明かした咲良だけれども、世間の目を憚ってか、今も女の姿をしている。桃矢には、女の着物を着せているというのに。

「桃矢様、団子を丸めるのを手伝っていただけませんか？」

「もちろんだ」

不安を忘れるためにも体を動かしたかった桃矢は、丁度いいと快諾した。

今宵は十五夜。一年で最も月の力が強くなるというこの夜に、人々は供え物をして月の力を分けてもらう。

臼を挽いて作った米の粉を湯で捏ね、一度蒸した生地を、桃矢は咲良と共に千切って丸めていく。

「多いな」

三人では食べきれぬ量を見て、桃矢は首を傾げた。すると咲良が訳知り顔でくすりと笑う。

「庶民のお月見は、月を眺めて酒を飲むばかりではありません」

華族たちは十五夜に宴を開く。そこで月に供(そな)えた白い団子と、月を映した酒を頂くのが慣わしだ。そうすることで月が持つ神力が体内に取り込まれ、神力が強まると信じられている。

桃矢が宴に参加したことはないけれど。

十五夜の翌日に硬くなった団子が一つ、申し訳なそうに朝食に加わるだけだった。

「子供らが家々を訪ねて、団子などを強請(ねだ)っていくのですよ。お爺様が子供の頃は、縁側に供えられていた団子を先を尖らせた棒で突き、盗んでいたそうですが」

「盗む？」

桃矢は目を丸くする。盗むという話は穏やかではない。

「十五夜に訪れる子供は、月からの使者。団子が全て盗まれるのは縁起がいいのだそうです。とはいえ、せっかく当家を訪れたのに団子がなければお気の毒というもの。それ故(ゆえ)に、こうしてたくさんの団子を作るのですよ」

「そんな風習があったのか」

頷(うなず)いた桃矢だったが、疑問が残った。

夜が更(ふ)ければ鬼が出る。月の出る夜に子供たちが外を歩けば、危険を伴うのではないか。

不思議に思って問うと、咲良が言い辛そうな顔をした。

「平民たちには元々神力がほとんどありません。ですから月の神力を分けてもらうという考えが弱いのですよ。それに、神力があれば徴兵で鬼倒隊に配属されてしまいますし」

生存率の低い鬼倒隊に、我が子を送りたい親はいない。だから月が昇る前に、子供たちは供え物を食べてしまうのだ。

桃矢に植え付けられていたのとは真逆の思考。自分がどれほど鬼倒隊に――大河家に執着していたのか、まざまざと示された気がした。

沈む桃矢を見た咲良が、悲しげに眉を下げる。少し考えてから、手元の団子を見た。

「桃矢様、あーん」

一口大に丸めた団子を、桃矢の口元に宛がう。

「咲良！」

視線を上げた桃矢の頬が、赤く染まっていく。

けれど、悪戯げに目を細めた咲良は逃がさない。

「さあ、あーんしてください」

「ま、まだお月様に供えていない。先に頂くわけには……」

「味見ですよ」

咲良の押しに負けて、桃矢は渋々口を開ける。桃矢の口に団子を入れた咲良の満足そうな笑みを見て、胸がどきりと跳ねた。

今までの、柔らかな微笑ではない。獲物を前にした猛獣を思わせる眼差しが、桃矢を射竦める。

女の姿をしていても、咲良の表情は男のものだった。

団子をゆっくりと噛みしめる桃矢の姿を、咲良は自分の目に映し続ける。桃矢は咲良の瞳を通して自分の姿を見せつけられ、羞恥で頭が熱くなっていく。

耐え切れずに視線を横にずらすと、咲良が目を細めて口角を引き上げる。そして桃矢の耳元に口を寄せた。

「可愛いです」

咲良の声が桃矢の耳をくすぐる。

「咲良」

桃矢が咎めるように睨み付けても、咲良は嬉しそうに目元を緩めるばかり。

「もういい」

桃矢は頬を膨らませて、残りの団子を丸めていく。

くすくすと咲良が笑う。

「申し訳ありません。桃矢様があまりにお可愛らしくて調子に乗りました。お許しください」

言葉の意味とは裏腹に、咲良の顔には反省の色が見えない。じとりと睨んだ桃矢だが、すぐに諦めて肩を竦めた。

「冗談はほどほどにしろ」

「はい」

頷いた咲良も団子を丸める作業に戻る。

そんな彼の横顔を、桃矢はちらちらと見てしまう。

彼を女だと思い込んでいたときは、誰よりも美しい娘だと思っていた。男みたいだと思ったことは一度もない。

けれど今の咲良はどうだろうか。

女の装いをしていても、漂う雰囲気は男のもの。鋭さが覗く切れ長の目。余裕を含んだ口元。

団子を丸める手が止まり、咲良を見つめてしまう。

その視線に気付いたのか、咲良が顔を向ける。目が合って微笑む咲良を見たとたん、桃矢は頭が破裂したかのように錯覚した。

慌てて手元に視線を落とし、団子を丸める。

静かな時が流れていく。大皿の上に、白い団子が積み重なっていった。

黙々と作業を続けた甲斐あって、桃矢の心が鎮まる。すると、そのときを待っていたかのように、咲良が話し始めた。

「桃矢様。松山子爵様にお会いになるのでしょう？　でしたらそこで、一つ提案していただけませんか？　桃矢様が鬼倒隊から脱退できるよう。それが叶わないのであれば、帝都から離れた地へ異動させていただきたいと」

鬼倒隊からの脱退は、桃矢も頼むつもりでいた。叶う可能性は低いだろうと思っているけれど、万が一ということがある。

しかし、異動については考えていなかった。

大河家から物理的に距離を置けるという利点はある。だが同時に、咲良や酉次郎からも離れてしまう。

だから、帝都から離れるつもりはなかったのだ。

「咲良は、僕がいなくなっても平気なのか？」

あれほど桃矢への想いを訴えていたのに。

そんな思いが顔に出て、拗ねた子供のように咲良を睨む。

「ご冗談を。当然、私もついていくに決まっているではありませんか？　お邪魔かもしれませんが、お爺様もついてくるそうです。私は二人きりで構わないと言ったのですが」

西次郎の話になったときだけ、咲良は不満げな顔をした。二人きりの生活を望んでいた彼には、目付け役の西次郎が煙たかったのであろう。

桃矢は驚いて咲良を凝視する。

「いつの間にそんな話を交わしたのだ？」

「桃矢様が眠っておられた間に。ですが、前々からそういった話はしていたのです。桃矢様が逃げたいと仰ったなら、女に戻りたいと仰ったなら、帝都を捨てて、大河桃矢を知らない土地へ行こうと」

咲良が何事にも桃矢を優先しているのは知っていた。西次郎が桃矢に対して、孫の咲良と同じように接してくれていることも。

だけど二人の情は、桃矢が考えていた以上に厚くて。胸に込み上げる温かな思いで桃矢の目頭が熱くなる。

しかし続いた言葉で、涙はすぐに引いた。

「そこで大河桃矢と橘内咲良を入れ替えます。そうすれば私が大河桃矢として鬼倒隊で戦い、桃矢様はもう戦わなくて済む。鬼の私は悪鬼に止めを刺すことはできませんが、それは他の者に任せれば大丈夫でしょう」

桃矢は息を呑み、咲良をまじまじと凝視する。

鬼である咲良は神力を持たないため、御神刀を扱えない。とはいえ、御神刀を扱える者は桃矢以外にも大勢いる。必ずしも、桃矢が悪鬼に止めを刺す必要はなかった。

今まで鬼倒隊で桃矢が悪鬼に止めを刺していたのは、咲夜を従えている彼女に隊員たちが遠慮をしていたからにすぎない。桃矢の手柄を横取りするような気がして、手出しを控えていたのだ。

もちろん桃矢は、そんな事情を知らない。

いくら理性を失って凶暴化したとしても、悪鬼も元は人。命に終止符を打つたびに、桃矢は罪悪感に襲われていたから。他の隊員たちも同じ気持ちを抱えているのだと思い込んでいる。

そして咲夜を巻き込み戦わせる責任として、自らの手で悪鬼を天に送ることを己に課していた。

悪鬼を死地へ追い込むのは咲良の役目。咲良も苦しい思いを抱えているに違いないと考えていたから。

「自分が辛いと思うことを、咲良に押し付けるわけにはいかない」

そんな桃矢の言葉を、咲良は否定する。

「私は鬼と戦って心を痛めたことは、一度としてありません。けれど桃矢様が苦しむ姿を見るのは、胸を引き裂かれるより辛かったです」

桃矢だって咲良が悲しんでいたら胸が苦しい。自分の弱さが咲良まで悲しませていたと知り、桃矢は表情を曇らせた。

「桃矢様、勘違いをなさらないでください。桃矢様は充分に頑張ってこられました。どんなに苦しくても、必死に立っておられました。その姿はとても尊くて、だから私は桃矢様をお支えする道を選んだのです。ですが、私のことを心配してくださるのであれば、どうかこれからは頑張らないでください」

桃矢の手を包み込んだ咲良が、労わりを込めて桃矢の目を覗く。まるで子を慈しむ父母のような、無償の愛を滲ませて。

「これ以上、自分を追い込まないでください。言ったでしょう？　私には甘えてくださいと」

桃矢の胸が熱くなり、瞳が揺れる。

彼女は頑張ることしか知らずに生きてきた。どんなに体が辛かろうと、どんなに心が悲鳴を上げようとも。目を閉じ、耳を塞いで、ひたすら走り続けてきた。

甘え方も休み方も知らぬ桃矢に、咲良は優しく諭す。

「後は私にお任せください。私は鬼と戦うことに抵抗がありません。桃矢様が私の心を心配する必要など、どこにもないのです。もう、逃げてもいいのですよ？」

桃矢の心が揺れる。

「……神力の補助がなければ、危険ではないか？」

言い訳だ。桃矢がいなければならないのだと言われれば、辛くても鬼倒隊で戦うしかない。逃げた経験のない桃矢には、逃げることのほうが怖かった。

だけど、咲良は桃矢の迷いを断とうとする。

「私の強さはご存知のはず。桃矢様の神力がなくとも、そこらの鬼に負けてやるつもりはありません」

自信満々の顔で笑う彼は、事実、強かった。

鬼は鬼として生きた長さによって、強さが増していくとされる。

ならば、生まれたときから鬼だった咲良の力は如何ほどか。しかも桃矢に隠れて西次郎から武術の手ほどきを受けているのだ。

鬼となって間もない町の鬼など、咲良の相手ではない。桃矢の神力を借りなくても、一人で充分に制圧できる自信があった。

桃矢が錯乱したときに手こずってしまったのは、様子がおかしい彼女に気を取られていたから。そして彼女を庇って手負いになったからにすぎない。そうでなければ、あの程度の悪鬼に遅れを取ることはなかっただろう。

とはいえ、桃矢の神力が自分の中に流れ込む心地よさを知っている咲良だ。正直に自分の実力を打ち明けるはずなど、なかっただろうけれど。

「……逃げても、いいのか？」

心の中から恐怖は消えない。だけど本心では逃げたくて。

桃矢は怯(おび)えた様子で咲良を窺(うかが)った。

「もちろんです。抵抗があるのでしたら、私が抱きかかえて逃げて差し上げましょうか？」

両手を広げて身を委(ゆだ)ねるのを待つ咲良を見て、桃矢はふっと口元を綻(ほころ)ばせる。

母に身を委ねる赤子のように。心が軽くなっていく。

「咲良……。ありがとう」

「お易(やす)いことです」

互いの額(ひたい)を突きつけて、二人は穏やかに笑う。

蒸し器の中にあった生地が全て団子に変わる頃。松山子爵からの返信を認(したた)められた鶴符(かくふ)が飛んできた。受け取った桃矢は、すぐに鶴符を開いて中を確認する。

「今日でも構わないそうだ。行ってくる」

「ではお仕度を手伝います。そのお着物で行かれますか？」

「いや。さすがにこれは……」

桃矢が今身にまとっているのは、咲良から借りた女物の着物だ。

女に戻ると決めたものの、まだ女の姿で外を歩く勇気はなかった。それに元学友の家を女姿で訪ねれば驚かれてしまう。

では鬼倒隊の隊服を着て出向くかとなると、こちらも気が引ける。顔が売れている桃矢だ。道中で注目を浴びるのは避けられない。心が弱っている今は、民衆の期待に沿った対応をする自信がなかった。

「ではお爺様のお着物を借りてきます」

「ありがとう」

咲良は半紙を敷いた皿の上に団子を十五個重ねると、残りを大皿に盛ったまま病院のほうへ運んでいく。そして戻ってきたその手には、西次郎の着物と袴（はかま）があった。

着替えた桃矢は、顔を隠すために男物の帽子を深く被る。懐（ふところ）に桜の身護（みまも）り鏡を忍ばせると、咲良に見送られながら橘内家を出た。

松山邸に到着した桃矢は、洋館の応接室に通された。すると、すでに部屋で待っていた松山子爵が出迎える。

「久しぶりだね、桃矢君。活躍は聞いているよ」

「ご無沙汰をしておりました、松山子爵様。このたびは急なお願いに快くお応えいただきまして、ありがとうございます」

握手を交わしてからソファに座った二人の前に、紅茶とワッフルが運ばれてくる。

「中彦も君に会いたがっていたのだが、学校があってね」

「中彦君も健勝そうで何よりです。今日は折入って松山子爵にお願いがあってお伺いいたしました」

頷いた松山子爵は使用人たちを下がらせてから表情を引き締めた。

「何か頼みがあるのだろう？　遠慮なく言ってくれたまえ。君には息子を救ってもらった大恩がある。当家で力になれることならば、なんでもするつもりだ」

ちくりと桃矢の胸を罪悪感が刺す。

桃矢は見返りを求めて中彦を助けたわけではない。なのに結果として見返りを求めている現状に、後ろめたさを覚えてしまう。

しかし自分が持つ手札は少ない。だから松山子爵が桃矢に感じている恩義を利用してでも、助力を乞わなければならなかった。

桃矢は深呼吸をして緊張を解すと、腹を括って語り始める。

「実は――」

自分が両親から嫌われていること。大河家の次期当主は、弟の大貴が望まれていること。

生みの親ですら嫌う子供であるという事実を告白する恥ずかしさに耐えながら、桃矢は感情を抑えて言葉を紡ぐ。

女であることは伏せた。

男女七歳にして席を同じうせず。男子しかいないはずの華族学問院に、女子が在学していたのだ。同じ教室で学ぶどころか、申彦を始めとして一部の生徒とは、野外活動で同じ天幕を使い夜を共にしている。

もしもこのことが表沙汰になれば、大河家だけでなく、桃矢と同じ時期に華族学問院に在籍していた申彦たちにとっても、醜聞となってしまうから。

桃矢が一つ語るごとに、松山子爵の顔はしかめられ、赤く染まっていく。

邪魔な桃矢が鬼倒隊での殉職を望まれたことまで語ったところで、彼の堪忍袋の緒が切れた。

「なんということだ！　申彦を助けてもらった礼状を大河男爵殿に送った際、違和感はあったのだ。だがまさか、自分の子供の死を望むなど……。大河男爵殿は、いったい何を考えているのか！」

松山子爵は今にも地団太を踏みそうな勢いで怒り出す。

そんな松山子爵の様子に、桃矢は目を丸くする。

大河家で虐げられるのは物心つく前からずっと。それを当然と受け入れなければ心を保っていられなかった桃矢は、松山子爵がなぜ怒っているのか、すぐには理解できなかった。

しばらくして、子爵が桃矢のために怒り大河家がおかしいと言い切ってくれているのだと気付く。目頭が熱くなり、涙が溢れた。

一筋の涙はすぐに流れを強め、頬を濡らし顎から膝へと落ちていく。

今までだって、咲良と西次郎が桃矢を慰め、貴尾と丹子に怒ってくれていた。だけど二人はいつも桃矢の味方で。桃矢に非があっても受け入れてくれる。だから桃矢は二人に感謝しつつも、家族に嫌われるのは自分にも問題があるからではないかという疑いを、拭い去れなかった。

しかし松山子爵は、二人とは違う。

桃矢に対して好意的とはいえ、その全てを肯定するほど深い縁はない。もしも桃矢の考えが間違っていれば、否定して窘めただろう。

だからこそ、子爵の言葉は桃矢の心に突き刺さる。

「いいかい？　桃矢君。如何に親を大切にしなければならないとはいえ、ご両親の誤った望みを叶えようなどと、決して思ってはいけないよ。君はとても素晴らしい青年だ。鬼に襲われている友人がいたとして、自分の命も顧みず助けに行ける子がどれほどいるか。だが君はやり遂げたのだ。勇敢で心優しい人だ。それだけではない」

松山子爵は今までに申彦から聞かされていた桃矢の話題を例に挙げ、その素晴らしさを誉めた。

忘れ物をした申彦に、自分の持ち物を貸したこと。率先して奉仕活動に参加していたこと。苦手な体育の授業でも手を抜かず、誰よりも頑張っていたこと。

桃矢にとっては当たり前で、些細な出来事。貴尾が聞けば鼻で笑うか、もっと成果を見せろと叱りつけただろう。

だけど松山子爵は――中彦は、特別なことのように言ったのだ。

桃矢は今まで頑張ってきたことが認められた気がして、嬉しさで胸がいっぱいになった。あまりにたくさんの歓喜が一度に入ってきたために、張り裂けそうで苦しくなるほどに。

「だから、桃矢君は生きなければならないんだ。君には大変な価値がある。絶対に、幸せにならなければならないのだよ？」

諭す言葉に、桃矢は考える間もなく腹の底から返事をした。

「はい！」

なんとしても生きるのだ。絶対に、幸せになるのだ。咲良と共に――

桃矢の心に灯る消え入りそうなほどに小さかった火が、明るさを増していく。

「大河家と鬼倒隊から逃れるために、どうか松山子爵様のお力をお貸しください」

深く頭を垂れて、桃矢は松山子爵に助けを求めた。

松山子爵が使用人に用意させた湯とタオルで顔を洗った桃矢は、改めて子爵との話し合いの席に着いた。

「私は軍部の方面は門外漢だが、伝手を頼れば大河家と鬼倒隊に圧力を掛けることは可能だ。しかし、桃矢君を鬼倒隊から脱退させるのはねえ」

ただの兵卒ならば、幾らでも手はあるだろう。しかし桃矢はすでに鬼倒隊の顔となっている。桃矢の脱退は彼女一人の問題ではなく、鬼倒隊――場合によっては政府の支持率にまで影響を及ぼす恐れがあった。

「そのことですが」

桃矢は使鬼について説明する。

大河家の者が鬼と血を交わすことで、鬼の理性を取り戻せること。大河家の血を引く者であれば、直系でなくとも鬼と契約できる可能性があること。

真剣に耳を傾ける松山子爵の目が、怯えを孕んでいく。

「もしも……、もしも中彦が鬼になっていたならば、桃矢君は中彦と血を交わすつもりだったのかい？」

「最悪の場合として念頭には入れていました。ですが中彦君やご家族が望まないのであれば、手を出すつもりはありませんでした」

松山子爵が頭を抱えて呻き出す。

どんな手を使ってでも子に生きていてほしいという親の愛と、異形に堕としてでも子を生き永らえさせたいという親の欲。

　実際に中彦が鬼化することはなかったが、桃矢が悪鬼を討ち果たしていなければ、可能性は大いにあったことだ。松山子爵にとって使鬼の話は他人事ではない。

　だからこそ、現実味を伴った思考が彼の頭の中で展開しているのだろう。

「たとえ鬼の姿のまま大河家の傀儡となるとしても、愛する者が鬼と化せば、使鬼にしてほしいと望む者は多いだろうな。私財を投げ打ってでも。権力を行使してでも。大河家と縁を結ぼうと思うだろう」

　愛する者の死を受け入れられない者は少なくない。どんな姿でも生きていてくれさえすればと望む者にとって、大河家は一縷の望みとなる。そして鬼が人に害を為す存在である限り、使鬼をもって鬼と対等以上に渡り合える大河家の価値は、無限に上がっていく。

　その価値に、松山子爵は身震いを覚えた。

　けれど、桃矢は松山子爵の言葉に訂正を入れる。

「使鬼は人の姿を取ることもできますし、大河家の傀儡になるわけでもありません。咲夜――僕と共に戦ってくれていた鬼は、日中は人としてご家族と暮らしています。だから素性を知られないように、鬼倒隊では鬼の姿を取っていただけです。人の姿で生活している間は、町の人たちからも鬼だと気付かれていません」

顔を上げた松山子爵が、見開いた目で桃矢をまじまじと凝視した。

「それは、本当かい？　理性を取り戻すだけでなく、姿も元通りに？　人に戻り家族と暮らせると？」

「厳密には人ではありませんが、人と同じ姿で、人と変わらぬ暮らしができます。人であったときの記憶がどこまで残っているかは、鬼によるそうですが」

咲良は生まれたときから鬼だったから、人としての記憶など持たない。しかし西次郎が大河貴蔵から語り聞いた話によると、人であった頃の記憶を持つ使鬼も存在したという。

ほとんどの使鬼は語ろうとしなかったというから、記憶を保つ使鬼が珍しいのか、あるいは語りたくなかっただけなのかは、はっきりとしないけれど。なにせ鬼と化した際、最初に襲う相手は身近な人である場合が多い。憶えていたとしても、語りたくはないだろう。

松山子爵が口元に手を添えてしばし考えに耽る。

「桃矢君は他の鬼も使鬼にできるのかい？」

「いいえ。僕は咲夜以外の鬼とは血を交わせません。大河家の者だからといって、万能ではないようです。次は命を失うだろうと、咲夜に警告されました」

正確には、命を失う可能性があるというだけで、確率までは不明なのだけれども。

とはいえ、咲良以外の使鬼を持つつもりのない桃矢が、他の鬼の血に耐えられる可能性は低い。

互いに望まぬ限り、契約を結ぶ難易度は上がるのだから。

「ちなみに、大河家以外の者が鬼と血を交わすとどうなるのかは、知っているだろうか？」

「鬼は鬼のまま。そして血を交わした人は鬼化します」

「それは確かかい？」

「もしかすると、大河家と同じ能力を持つ人もいるかもしれません。けれど過去に悪鬼改めが試した際は、全員が鬼となる結果に終わったそうです」

松山子爵が呻きながら天井を見上げた。

鬼の問題が一気に改善すると思ったのに、そうは問屋が卸してくれぬと知り、行き詰まったのだろう。

苦悩していた子爵が、はたと目を瞬く。そして視線を横に逸らして考え込んでいたかと思うと、不思議そうに桃矢を見た。

「大河男爵殿には、使鬼がいないよね？」

「はい」

「理由を伺っても？」

鬼倒隊を統率する貴尾が使鬼を持っていれば、その権威はますます高まる。巧くすれば陞爵したり、政界の中心部にまで幅を利かせられたりしたかもしれない。

貴尾が権力に興味のない人物であれば話は別だが、彼は華族であることに固執している。ようやく生まれてきた長女を、男として育てるほどに。

だからこそ、松山子爵は疑問を抱いたのだろう。何か落とし穴があるのではないかと。

「父は――男爵様は、彼の父が使鬼を駒として扱ったために叛意を抱かれ亡くった故に、鬼と共に暮らすことを恐れたのではないかと思われます。本当の理由を聞いたことはありませんので、推測ですが」

「叛意を抱く？　本当に鬼の意思を奪うわけではないのだね。……しかし男爵殿は、自分は恐れて契約しなかったのに、桃矢君には鬼と契約させたのかい？」

子を大切にしている松山子爵にとっては、不快なことなのだろう。彼は温厚な顔をしかめた。

優しい子爵を傷付けてばかりだなと心苦しく思いつつ、桃矢は首を横に振る。

「僕は鬼倒隊で生き残るために自分の意思で鬼を探し、契約を交わしました」

本当は子供の頃に忍び込んだ地下牢で、鬼となるのを防ぐために咲良と血を交わした。だけどそんな話を暴露するわけにはいかないので、桃矢は咲夜と血を交わしたときの話をした。

松山子爵が何度目かの驚いた顔を見せ、それから不憫そうに桃矢を見て溜め息を吐く。桃矢がどれほど追い込まれているのかを感じ取ったのだろう。

「この情報を対価とすれば、大半の望みは叶えられるだろう。……他家に渡しても構わないかい？」

「国のためになるのであれば。それと僕が大河家から離れ、可能であれば鬼倒隊からも」

そこで桃矢は言葉に詰まった。

本心を言えば、脱退したい。けれど国民に課せられた義務を、使鬼の情報を対価に捻じ曲げるのは気が引ける。

無言になった桃矢を見ていた松山子爵が、ふうむと唸りながら顎を擦った。

「……もしも男爵殿を隠居させ、君を当主に据えるとしたらどうする？　それならこのまま――いや、士官学校を経て、鬼倒隊に残っても問題ないのではないかい？」

桃矢と貴尾のどちらかを鬼倒隊に残すのであれば、まだ未成年とはいえ使鬼を持ち、民衆からの人気が高い桃矢を望む声のほうが多いだろう。そして桃矢が明かした使鬼に関する情報の価値を考えれば、彼女の後ろ盾になると名乗りを上げる華族も出てくるはずだ。

大河家当主の座に桃矢が就くのは難しくない。そしてそうなれば、彼女が貴尾に怯えることも、鬼倒隊で危険な任務を押し付けられることもなくなる。鬼倒隊を始めとした諸方から上がるであろう反対の声も、小さくて済むはずだ。

松山子爵としては、桃矢にとってよりよい道を提示したはずだった。

桃矢が男であれば。そして、鬼と戦うことを望んでいるのであれば。

どう答えるべきか、桃矢は答えを探す。

正直に、もう鬼と戦いたくはないのだ。鬼といえども命を奪う行為に耐えられないのだと答えても、松山子爵ならば理解してくれるだろう。

しかし子爵がこれから説得に向かう相手は、きっと納得しない。軍事力に重きを置く政府の方針に、戦いたくないという桃矢の考えは逆行している。

悩んだ末、桃矢は思い切って口を開く。

「大河家を継ぐつもりはありません。身勝手かもしれませんけれど、あの家にはよい思い出がないので。可能であれば鬼倒隊を脱退し、僕を知る人のいない所で新しい生き方をしたいと考えています。せめて、残りの任期を帝都から離れた地に異動させてもらえるよう、働きかけてはくださらないでしょうか？」

咲良に甘えてばかりで心苦しかったけれど、桃矢はもう、再び男となって戦いたいとは思えなかった。

桃矢を哀しげに見つめていた松山子爵が、諦めたように肩を竦める。

「桃矢君の気持ちは理解したよ。少し時間を貰えるかい？　進展があれば、大河家に連絡すればいいかな？」

「ありがとうございます。連絡は橘内医院へお願いします」

「分かった」

桃矢は松山子爵に見送られて、帰路についた。


桃矢が橘内家に戻る頃には、日が傾いていた。赤く染まる町の中に、子供たちの声が響く。

「お月見、頂戴な！」

民家の玄関先で声を掛けた子供たちは、出てきた家人から何やら貰い、礼を言って次の家へ向かう。

その様子を眺めながら、桃矢は橘内家の勝手口から中へ入った。

「お帰りなさいませ、桃矢様」

「ただいま帰った」

笑ってお帰りと言ってもらえる幸せに胸をくすぐられながら、桃矢は外した帽子を咲良に預ける。

「巧くいきましたか？」

「まだ結果は分からないよ。だけど、お力をお貸しくださるとお約束していただけた」

「それはよかったです。きっと巧くいきますよ」

「だといいのだけれども」

座敷に上がった桃矢は男物の着物を脱ぎ、女物の着物に着替えさせられた。

「お月見頂戴な！」

「おお、来たな。ほれ、仲良く持っておいき」

病院のほうから子供たちの元気な声が次々と響いてくる。そのたびに、西次郎が団子を渡す。

桃矢はそのやり取りを、穏やかな気持ちで聞いた。

次第に町は彩を失い、灰色に染まる。家路を急ぐ子供たちの声が途絶えると、外は闇に呑まれていった。

そうして黒く染まった夜空で、月が輝きを増していく。

縁側に設けられた月見台の上には、桃矢と咲良が二人で丸めた団子と共に、栗や柿、里芋が盛られていた。その横では、月明かりに照らされた薄が銀白色の穂を揺らす。

空に浮かぶ丸い月を、桃矢は咲良と西次郎と共に眺めた。昼の太陽とは異なる柔らかな輝きが、三人を抱きしめるように優しく照らす。

「先生、どうぞ」

「これはかたじけない」

月見酒を楽しむ酉次郎に、桃矢は酌をする。その傍らでは、咲良が火鉢に炭を継いでいた。

黒く冷たい炭に、中央の種火から温もりが移っていく。黒から紅色に変わると、とくり、とくりと脈を打つ。

まるで生命の真髄を覗いている気がして、桃矢の目は惹き付けられた。

「そろそろお下げしますね？」

咲良の声で我に返った桃矢は、月見台へと視線を動かす。

「手伝おう」

「では桃矢様は里芋を並べてください」

「分かった」

桃矢は供えていた里芋を、火鉢に乗せた網の上に並べていく。その間に、咲良は小刀で栗に切り込みを入れていた。鬼皮に傷を付けずに炙れば、中の空気が膨張して弾け飛んでしまう。

「桃矢様は砂糖醤油でよろしいですか？」

「ああ、ありがとう」

　咲良が豆皿に注いだ醤油に砂糖を溶いて、桃矢に渡す。酉次郎には醤油だけを注いで渡した。

「今年も豊かな生活を送らせていただきましたこと、また今年は桃矢様も加えて三人で無事にこの日を迎えられましたこと、月神様に感謝いたします」

西次郎が月に感謝を述べ、下げた皿から団子を一つ取って口へ入れた。

年長者である西次郎が食べたのを見て、桃矢と咲良も団子を取って食べる。

すでに冷めてはいるものの、柔らかくしっとりしていた。米の粉を蒸しただけ。まだ何も付けていないのに美味しいと感じるのは、一夜置いて硬くなった団子と無意識に比較しているからか。それとも、心を許せる人たちと共に食べるからか。

桃矢はじっくりと噛みしめて味わう。

二つ目からは、砂糖醤油を付けて食べる。甘味とまろやかな香ばしさが加わって、ますます美味しい。

団子を食べていると、里芋と栗の焼けた匂いが漂ってくる。里芋は皮が焦げ、栗は切り込みが開いて笑っているように見えた。

「火傷をしないよう、注意してください」

咲良が火鉢から下ろしたそれらを小皿に盛って配る。桃矢は粗熱が取れるのを見計らって、里芋を取った。

皮を手で剥くと、中から湯気が立ち昇る。皮が食材の美味さを逃さずに閉じ込めていたからだろうか。砂糖醤油を付けて齧ると、口の中に旨味がねっとりと広がっていった。

「美味しいな」

「桃矢様、栗もどうぞ」

「ありがとう」

剥き終えた栗を差し出され、桃矢は口に入れる。親指の先ほどの小さな栗は、ほくりとして甘味が強い。

月を眺めながら、桃矢は穏やかな時間を過ごす。

「さて、年寄りはそろそろ寝るとしますか」

月見酒を楽しんだ酉次郎が、一足先に座敷へ戻っていった。

「片付けますね」

「手伝うよ」

「では炭を上げておいてくださいますか？」

「分かった」

桃矢は火鉢に残る炭を火消壷に移して蓋をする。それから咲良の指示を仰いで、残りの供え物や薄を部屋の中へ入れていった。

楽しかったひとときを名残惜しく感じた桃矢は、雨戸を閉める前にもう一度、月を見上げる。

月が欠けていたときは、たくさんの星々に慕われていたのに、無欠となった今は星々が寄ってこない。

孤高の満月は気高く見える。けれど今の桃矢には、寂しく思えてしまう。

「完璧である必要など、なかったのだろうか？」

大河家の長男として常に完璧を目指してきた桃矢は、いつも孤独を感じていた。周囲を友人たちに囲まれていても、常に警戒を怠らず、気を緩めることはできない。どれほど苦しくても、そうあるべきだと思っていたのだ。

しかしそれは本当に正しかったのか。

桃矢が弱った姿を見せても、咲良と西次郎は受け入れてくれた。それどころか、強がっていた頃に比べて穏やかな日々を過ごさせてもらっている。

松山子爵もそうだ。弱音を吐く桃矢を咎めるのではなく、力になってくれた。

誰もが憧れる、完全無欠の満月。けれど欠けた月だって、充分に美しい煌めきを放つ。

ならば満月を目指さずとも、支えてくれる星々に囲まれる欠けた月になるのもいいのではないかと、桃矢は思った。

「桃矢様、まだお眠りにならないのでしたら、少し出かけませんか？」

土間のほうから咲夜の低い声がして、桃矢は驚き振り向く。先程までと違い、男物の着物に身を包んだ咲良が立っていた。

咲夜を思わせる姿ではあるが、彼とも異なり、目は黒く角がない。

心を寄せる二人を合わせた姿を前にして、桃矢の胸がときめく。

「せっかくの誘いだが、今は療養中だ。人が寝静まった夜とはいえ、外出はできないよ」

動揺を隠し、さりげない口調で断りの文句を告げた。

多くの人の目がある日中はもちろんだが、夜だとて人目がないわけではない。特に鬼倒隊の者たちが活動するのは、夜の帳が下りた時間。もし見つかれば、問題となる。

「存じております。ですから、これは治療の一環。気晴らしも必要ですよ。それに――」

座敷に上がってきた咲良が、桃矢の耳元に顔を近付け囁く。

「お互いに本来の姿となって、二人きりで出かけたいとは思いませんか？」

低く妖艶な声に耳朶を撫でられて、桃矢の胸が再びきゅっと締め付けられる。

「そ、それは。しかし見つかれば、私だけでなく咲良にだって支障が出る。危険ではないか？」

どきどきと煩い胸の音を誤魔化すためか。はたまた咲良を気遣っての言葉か。分からぬままに、桃矢は咲良に確かめた。

「心配なさらずとも、私の足ならば誰の目にも留まることなくお連れできます。ずっと希っていたのです。女の咲良でも、桃矢様に仕える使鬼としての咲夜でもなく、一人の男として桃矢様と二人の時間を過ごしたいと。私の願いを叶えてはいただけませんか？」

切なげに細めた目で、至近距離から覗き込むようにして桃矢の瞳を見つめ、咲良が乞うてくる。

桃矢は顔を真っ赤にして思わず後退った。

「わ、分かった。い、行くから！」

そう応えた途端、咲良の表情が一変する。口角が引き上げられ、目には自信が満ち溢れた。桃矢が頷くと確信していたに違いない、傲慢とも感じられる表情に。

にっこりと笑った咲良が、唖然とする桃矢を素早く横抱きに抱えた。

「桃矢様、神術をお願いできますか？」

「あ、ああ」

こんな咲良を、桃矢は知らない。

今までも、咲良の行動にどきりとすることはあった。

けれど、こんなにも心の臓が煩く騒いで、頭の中が真っ白になるほど気持ちが昂ったことはない。

「桃矢様？」

茫然としている桃矢の顔に息が掛かりそうなほど顔を近付けて、咲良が問う。

狼狽した桃矢には、もはや反論するだけの判断力さえ残っていなかった。慌てて神力を練り上げていく。そして描き慣れた印を空中に描き、咲良に触れた。

「血の契り交わせし者に、力授け給え」

桃矢の神力が咲良に流れ込む。

うっとりと笑んだ咲良が、閉じかけていた雨戸の隙間から外に出る。地面を蹴って塀を越えると、軽やかな足取りで暗い町の中を疾走した。

「本当に、咲良が咲夜なのだな」

鬼倒隊に入ってから、桃矢は毎夜の如く鬼の咲夜に抱えられて夜の町を移動した。

今は人の姿をしている咲良も同様に、神速で駆ける。

「やはり人でなくてはお嫌ですか？」

先程までの強気はどこへやら。咲良が不安げに眉を下げた。

咲良に対する親しみを取り戻し、桃矢から緊張が抜けていく。

「そんなことはない。……嬉しい」

　捨てきれなかった桃矢の女心が、ずっと望んでいたことなのだから。咲良が男であったなら——と。

　桃矢の緩んだ口元から零れた本音は、打ち付ける風に掻き消される。けれど咲良の耳はしっかり拾い取っていて。目を瞠った後、たいそう嬉しそうに笑顔を弾けさせた。

　桃矢を抱える腕に力がこもり、彼女の体が咲良の胸に押し付けられる。

　咲良の温かさと胸の鼓動が桃矢の体に染み込んでいく。

　胸が激しく脈打って息苦しい。それなのに、押し返すどころかもっと近付きたくて。桃矢は咲良の首に絡めていた腕を引き寄せて、頭をその肩に寄せた。

　ただただ幸せで、ずっとこのままでいられたらと願う。

　だけど咲良は足を止める。

　残念に思った桃矢が顔を上げると、そこは山の頂に生える、大きな木の上だった。

　咲良は桃矢を枝に座らせ、彼女の右側にぴたりとくっ付いて腰かける。その左手は桃矢を支えるためか、左脇に回された。

　縁側で眺めたよりも近くに感じる月が、眩く二人を照らす。

「桃矢様、初めて出会ったときのことを憶えていますか？」

　月を見上げながら、咲良が問う。

「もちろんだ。あの日のことを忘れたことはない」

橘内家の地下牢で、理性を持たぬ鬼の子と遭遇した恐怖。鬼の子に傷を負わされ、鬼と化すかもしれないという絶望感。使鬼を得たことで、父母に認めてもらえるかもしれないという希望。そして、咲良との出会い。

一つ一つが、幼い桃矢には大きな衝撃だった。忘れることなどできようものか。

「私はあの日まで、ずっと悪夢の中にいた気がします。暗く閉ざされた世界で、意識はあっても外の世界のことはほとんど分かりませんでした」

桃矢は咲良の話に耳を傾けた。

「桃矢様は、私が使鬼となったことで人に戻ったとお考えですが、それは違います。桃矢様のお力で目が覚めてからも、どこか夢見心地で、現実感はありませんでした。何を話し掛けられても、何を見ても、心が動くことはなかったのです」

その告白を聞き、桃矢は驚いて咲良を見る。

使鬼となった当初、咲良は同世代の子供のように喋(しゃべ)ることができなかった。生まれてからずっと鬼として生き、人とまともに接していなかったのだ。当然のことだと桃矢は気にしていなかった。

しかし今になって、真実が明かされる。

「人と変わらぬ姿を手に入れても、私は鬼のままでした。それはおそらく、今も変わらないのでしょう」

桃矢の視線の先で月を見上げる咲良の目は、どこか虚ろだ。

そんなことはない、咲良は人だと伝えたくて、桃矢は口を開く。しかし声が出る前に、ひたと見つめる咲良の眼差しに遮られる。

真剣な色を宿していた咲良の目が熱を持ち、幸せそうに蕩けていく。

「けれど、桃矢様さえいてくだされば、私は人であれます。――人でありたいと思うのです」

咲良の右手が桃矢の右手を取る。決して離さぬとばかりに指を深く絡めて。

「人の姿となった私に、桃矢様はたくさんの話をしてくださいました。家のこと。華族学問院のこと。ご友人のこと。そして色々なものを見せ、ときに本を読み、私が人としての心を培うまで、根気強く寄り添ってくださいました」

咲良と出会ってから、桃矢は三日と空けず橘内家に通った。

会えなかった間にあった出来事を思い付くままに話し、借りてきた本を読み聞かせ、道端で摘んできた花を渡したり、菓子を買っていって二人で食べたりしたこともある。

だけどそれらは、咲良のために行っていたわけではない。

家族から疎外され、学友たちに大きな秘密を抱えていた桃矢は、誰にも心を許せなかった。だから咲良に縋っただけだ。

咲良は桃矢を裏切れない。桃矢がいなければ人でいられない咲良なら、そしてすでに秘密を知っている酉次郎の孫ならば、隠し事をする必要はないと判断して。

理由に齟齬はあれど、結果として咲良は桃矢の全てを受け入れる。

「……僕は、僕のためにしていた」

桃矢の心を保つためには、咲良という存在が必要不可欠だった。依存して、依存させ、桃矢の心を慰める存在が。

しかし心に余裕が生まれた今だからこそ、正しくその歪みが見えてくる。

咲良を利用していたという罪悪感が、桃矢を襲う。

「知っています」

桃矢の懺悔に、咲良は間髪を容れずに答えた。

「桃矢様が私を必要としていることも。桃矢様には私しかいないことも。知っていました」

咲良は笑う。嬉しげに、幸せそうに、うっとりとした瞳に桃矢を映して。

その笑みは優しい天女のものではない。獲物を手に入れて愉悦に浸る鬼の微笑。

「だから私は、桃矢様が願う咲良を演じたのです。桃矢様が私から離れていかないように。私なしでは生きられないように」

強く激しい執着心が大蛇のように絡み付き、桃矢の体を縛る。

　繋いだ咲良の右手が、桃矢の右手を捕えたまま彼女の口元へ向かう。

「好きですよ、桃矢様。あなたの優しさも、あなたの不器用さも、あなたの弱さも、全て、全て、全て。愛しくてたまらないのです」

　桃矢の唇を、咲良の親指がゆっくりと撫でた。桃矢は体中が燃えるように熱く感じて、抵抗するどころか指一本動かせない。

　目を潤ませた桃矢の姿を瞳に映し、咲良は満足げに笑う。

「使鬼だからではありません。桃矢様を恋い慕う想いも忠誠心も、全て桃矢様と過ごす日々の中で培われたもの。だからこれは、間違いなく私の意思。それだけは、幾ら桃矢様だとて否定はさせません」

　耳元へ顔を寄せた咲良の声が、奥へと注がれる。甘く蕩けるような響きによって、桃矢の脳が侵されていく。

　足の先から頭の上まで痺れが走り、耐え切れず桃矢は目を閉じた。

　このまま咲良に流されていると道を踏み外しそうな不安に駆られて、思考が定まらない頭で必死に言葉を探す。

「咲良は、本当にいいのか？　大河桃矢になっても」

　松山子爵に頼んだ異動願いは、おそらく叶うだろうと西次郎からも太鼓判を押された。しかしそうなれば、桃矢と咲良は入れ替わることになる。

話の流れを無視した問い掛けだが、桃矢の頭に浮かんだのは、一番気になっていたことだった。

咲良の笑みが深まっていく。

「いいに決まっています。桃矢様になれるのですから」

「だがそうなれば、橘内咲良は……」

桃矢は言葉に詰まった。

咲良が大河桃矢になるのなら、橘内咲良はどうなるのか。

不安を覚える桃矢とは対照的に、咲良は平然とした顔だ。

「橘内咲良に未練はありません。言ったでしょう？　私は鬼のままだと。人のように、名や立場に執着することはありません。私を巻き込んだなんて、桃矢様が罪悪感を覚える必要はないのです。ですが――」

咲良が右手を引き寄せる。繋ぐ桃矢の右手がさらわれて、その甲に咲良が唇を押し付けた。

「桃矢様が橘内咲良になるのは、そそられますね」

上体を傾けて上目遣いに桃矢の顔を覗き込んだその瞳が、漆黒と金色で揺らめく。

妖しくも美しい瞳。魅入られた桃矢は息を呑む。全身から力が抜け、くらりと眩暈が襲う。崩れ落ちる彼女の体が枝から落ちそうになった。

すかさず咲良が桃矢を引き寄せる。白い歯を覗かせた、満足げな笑みを浮かべて。

気付けば桃矢は咲良の胸にしがみつくような格好で、その腕に抱きしめられていた。

「さ、咲良、もう大丈夫だ。離してくれ」

「そうは見えません。落ちたら怪我では済みませんからね。私がお支えしましょう」

体がふわりと浮いたかと思うと、桃矢は咲良の膝の上に座らされる。腹には咲良の左手がしっかりと添えられていた。

「咲良……」

桃矢は力の入らぬ体で精一杯、咲良を睨み上げる。

けれど、その仕草は却って咲良の情欲を刺激した。怯むどころか愛おしげに眦を下げて笑む。そしてその右手が、握ったままになっていた桃矢の手ごと彼女の頬を包んだ。

「恥ずかしがる桃矢様もお可愛らしいですけれど、そんなに気にすることはありませんよ？　誰も見ていませんから。さ、遠慮なく私に甘えてください」

「な、何を言う！　お月様が見ておられるだろう？　破廉恥だぞ！　もう遅い時刻だ。そろそろ帰るぞ」

これ以上は桃矢を本気で怒らせると察したのだろう。溜め息を落とした咲良が、空に浮かぶ月を忌々しげに睨んだ。

終章

汽車が威勢のよい汽笛を上げ、黒い煙を吐き出しながら西へと走っていた。

向かい合わせになった座席の窓側に座る桃矢は、流れていく景色を眺める。窓硝子に映る彼女は、つばの広い帽子で短い髪を隠し、薄紅色の着物を着ていた。

桃矢は咲良と西次郎と共に、新天地へ向かう。

あれから松山子爵が巧く話を付けてくれ、桃矢はすぐに異動が決まった。かねてより救援要請が来ていた地域に派遣されたのだ。

帝都から離れた土地。桃矢を知る者はいない。だから、桃矢と咲良は入れ替わる。

もしかすると、新聞で桃矢の写真を見た者もいるかもしれない。けれど辞令が出る直前に、大河桃矢は橘内家と養子縁組をして、橘内桃矢となった。結婚が許される十七歳になれば、手続きをして橘内咲良の婿となる。

顔も名前も異なるのだ。大河桃矢と橘内桃矢を結びつける者はいないだろう。

「お腹は空きませんか？　柿を剥きましたのでどうぞ」

桃矢の隣に座る咲良が、剥いたばかりの柿を一切れ差し出した。

彼は男物の着物を着て、長い髪を一つに束ねている。

「ありがとう。でも次からは僕が——私が剥くよ」

男言葉に気付いて言い直した桃矢だけれども、違和感が拭えずむず痒く思う。

向かいの席を見ると、酉次郎が背もたれに寄りかかり、気持ちよさそうに寝息を立てていた。汽車の揺れが眠気を誘ったのか。はたまた夜も明けぬうちに家を出たからだろうか。ぐっすり熟睡している。

「焦らなくてもいいのですよ？　桃矢様はもう自由なのですから。それに私は、どんな桃矢様も愛していますから」

咲良の優しい瞳に映る桃矢が、恥ずかしげに微笑む。

これから桃矢は、女として生きていく。そして咲良もまた、本来の姿である男に戻る。

もう自分を偽らなくてもいいのだ。

性別も、恋心も。

「僕も咲良が好きだ。咲良がずっと傍にいてくれたから、ここまで生きてこられた」

苦しいときも。悲しいときも。耐えかねて全てを投げ捨てようとしたときも。咲良が寄り添い支えてくれたから、桃矢は生きる道を選べたのだ。

目を瞠った咲良が、次の瞬間には嬉しそうに笑んでいく。

「これからも、ずっと一緒ですよ？」

「ああ。もちろんだ」

桃矢の右肩に、咲良の左肩が触れた。

齧った柿は幸せの味がして、桃矢の頬を緩ませる。視線を向けた窓の外は、眩しく輝いていた。

番外編　或る鬼の話

彼は生まれ落ちたときから、暗くて寒い場所にいた。

時折、遠くから人の声が聞こえる。しかしあまりに遠くて、確かな音として認識することはできなかった。

永劫とも錯覚する長い時間。彼は膝を抱えて静かに涙を流す。

あるとき、周囲の闇が揺らいだ。

「君はあの子鬼――咲良だね？　僕は大河桃矢だ。どうして泣いているんだい？　何が悲しいんだい？」

いつも遠くで聞こえる声ではない。近くて明瞭な声。

彼は驚いて顔を上げた。けれど視界を覆うのは、いつもと変わらぬ暗く昏い闇。

空耳だったと覚った彼は、再び顔を膝に埋めて涙を流す。

だが声は再び聞こえてきた。

「寂しいのかい？　そうだよね。こんな所に一人ぽっちでは、寂しいに決まっている。

大丈夫。これからは僕がいる。ずっと君の傍にいるから。だから、僕の手を取って」

彼は顔を上げて闇の中を見つめる。

暗い、昏い闇の中。目を眇めて凝視していると、闇の中に白い点が見えた。近付いてくるに従って、指に、手にと、姿を変える。

「おいで。大丈夫だから。僕は咲良の味方だ。必ず君を守るから――」

彼は迷わずその手を取った。

ずっと暗く寒いだけだった場所に起きた異変。この機を逃せばもう二度と、この暗い世界を訪れる者はないと思ったから。

「ありがとう。僕の手を取ってくれて」

白い手は彼を引き寄せる。

「咲良――美しく可憐な花。君のこれからに、よきことが咲き乱れますように」

現れた少女はそう言って微笑んだ。

二人を包むように光が溢れ、闇が消えていった。

彼は明るい世界で暮らし始めた。

けれど、人となったわけではない。

もしも人として過ごした時期があったなら、また違ったのだろう。だが彼は、生まれたときから人ではなかった。

　言葉も人としての常識も知らぬ彼は、生きる術を本能で知っている赤ん坊よりも無知。

　彼の祖父と名乗る者が、彼を人らしくしようと努めていたけれど、理解できない。何を言われているのか、なぜそうしなければいけないのか、さっぱり分からなかった。そんな中で唯一の楽しみは、彼を光の下へ連れ出してくれた少女の訪れ。

「咲良、団子を買ってきたんだ。一緒に食べよう」

　黒に包まれた白くて長いもの。

　彼女はいつも美味しい食べ物を持ってくる。だからそれも食べ物だろうと考えた彼は、掴むなり頬張ったのだ。

　甘くねっとりとしたものが口に広がっていく。もちもちと柔らかい食感の中に、ぽきりと硬い芯。

　この黒いのも美味しいと喜んでいたのに、少女はそれを彼から取り上げてしまう。

「駄目だよ、咲良！　串まで食べたら怪我をしてしまう！」

　めっと叱った少女に顔を両手で挟まれ、口を開けさせられる。奥のほうまで色んな角度からしげしげと観察されて。彼は少し嫌な気分になった。

「怪我はないみたいだけど、痛くはない？」

彼が首を横に振ると、少女は安心したように表情を緩める。でもそれは一瞬で、すぐに悲しそうな顔をした。

「ごめんね。僕が串を取ってから食べさせてあげればよかった」

先程されたことと、今の彼女の表情を見て、どうやらあの黒いのは、あまりいいものではないらしいと彼は記憶する。

だから少女が小さく千切って食べさせようとしたときは、口を閉じたままにして食べなかった。

別の日には、黄色い粒が付いた緑の棒を持ってきた。

「綺麗だろう？　これは菜の花というんだよ。たくさん咲いていたから、少し摘んできたんだ。女の子は花が好きだろう？」

少女が言う『女の子』が自分を差している言葉だと、彼はこれまでの会話で理解している。けれど彼は、花というものを自分が好きか分からなかった。だから差し出された菜の花に顔を近付けると、もしゃりと齧りついたのだ。

「咲良？　これは食べ物ではないよ？　いや、食べられるけど。お腹が空いていたのかな？　美味しい？」

困った顔をした少女に問われて、彼は首を傾げる。

美味しくはないけれど、不味くもない。

「食べるために持ってきたのではなかったのだけれど、咲良は花より団子なのだね。だったら、次からは美味しいものを持ってくるよ」

彼は菜の花というものに対して、好きとも嫌いとも感じなかった。けれど少女がとても嬉しそうに残りの菜の花を見ていたから、悪くはないと考える。

外に出られるようになったら、菜の花を探していっぱい集めよう。そうすれば、少女はもっと嬉しそうにするはずだ。彼を誉めてくれるに違いない。

そんなふうに考えると、なぜか胸がわくわくする。

自分の体に起こったその変化に、彼は驚く。襟元を広げて胸を確かめようとすると、少女が慌てて彼の手を押さえた。

「駄目だよ！　そんなことをしては。咲良は女の子なのだから、無暗に肌を人に見せてはいけないよ」

きょとんと目を丸くした彼だったけれど、少女が言うのならそうするかと、素直に従う。

疲れた様子で苦笑した少女は、菜の花を部屋に飾る。

それからも少女は訪れるたびに外の世界のことを色々と教えてくれた。

「燕の巣を見つけたんだ。背中と翼が黒くて、腹は白い小鳥だ。咽と額が赤くて、とても可愛いのだよ。でも雛はもっと可愛いんだ。口を大きく開けて、ぴいぴいと親鳥を呼ぶ姿は、ずっと見ていられる。咲良にも見せてあげたいな」

少女が語る世界は輝いて聞こえて、彼はきらきらとした外へ早く出てみたいと思う。

「きっともうすぐ、外へ出してもらえるよ。だって、咲良はこんなにいい子なのだから」

そう言って、少女は彼の頭を優しく撫でる。

「咲良、生まれてきてくれてありがとう。生きていてくれてありがとう。僕と出会ってくれてありがとう。大好きだよ、僕の咲良」

たくさんの優しさを与えられて。たくさんの愛情を注がれて。

たとえそれが彼女の寂しさからくる歪（ゆが）んだ愛情だったとしても、彼が少女を求め、彼女と生きるために人になることを選んだのは、自然の成り行きだった。

呪われた運命を断ち切ったのは
優しく哀しい鬼でした

戦乱の世。領主の娘として生まれた睡蓮は、戦で瀕死の重傷を負った兄を助けるため、白蛇の嫁になると誓う。おかげで兄の命は助かったものの、睡蓮は異形の姿となってしまった。そんな睡蓮を家族は疎み、迫害する。唯一、睡蓮を変わらず可愛がっている兄は、彼女を心配して狼の妖を護りにつけてくれた。狼とひっそりと暮らす睡蓮だが、日照りが続いたある日、生贄に選ばれてしまう。兄と狼に説得されて逃げ出すが、次々と危険な目に遭い、その度に悲しい目をした狼鬼が現れ、彼女を助けてくれて……

定価：726円（10%税込み）　ISBN 978-4-434-31740-8

Illustration：白谷ゆう

著 おうぎまちこ
鬼の頭領様の花嫁ごはん！
美味しいごはんを作ったら
鬼の頭領様に
求婚されました!?
時は平安。母を亡くし、天涯孤独の身になったあやめ姫は出家を決意する。ところが出家当日、鬼の頭領・鬼童丸が現れ、鬼の棲処へと攫われてしまった！　人間と鬼の混血である彼は、あやめ姫を食べないと生きられない呪いをかけられているのだという。大ピンチに陥るあやめ姫だが、ひょんなことから得意の料理の腕を奮ったら彼に気に入られてしまい、妻に娶られることになって――？
不憫な人間の姫とイケメン鬼の頭領、孤独な二人がごはんを通じて心を通わせ夫婦になっていく、和風あやかしラブストーリー！
◉定価：770円（10％税込）　◉ISBN:978-4-434-34343-8
◉Illustration：ななミツ

◉定価：770円（10%税込）　◉イラスト:京一　ISBN:978-4-434-34342-1

この作品に対する皆様のご意見・ご感想をお待ちしております。

おハガキ・お手紙は以下の宛先にお送りください。

【宛先】

〒150-6019 東京都渋谷区恵比寿 4-20-3 恵比寿ｶﾞｰﾃﾞﾝﾌﾟﾚｲｽﾀﾜｰ 19F
（株）アルファポリス　書籍感想係

メールフォームでのご意見・ご感想は右のＱＲコードから、
あるいは以下のワードで検索をかけてください。

アルファポリス　書籍の感想

ご感想はこちらから

アルファポリス文庫

鬼と契りて
桃華は桜鬼に囚われる

しろ卯（しろう）

2024年 10月 31日初版発行

編　集ー黒倉あゆ子
編集長ー倉持真理
発行者ー梶本雄介
発行所ー株式会社アルファポリス
〒150-6019 東京都渋谷区恵比寿4-20-3 恵比寿ｶﾞｰﾃﾞﾝﾌﾟﾚｲｽﾀﾜｰ19F
TEL 03-6277-1601（営業）　03-6277-1602（編集）
URL https://www.alphapolis.co.jp/
発売元ー株式会社星雲社（共同出版社・流通責任出版社）
〒112-0005 東京都文京区水道1-3-30
TEL 03-3868-3275
装丁イラストーwoonak
装丁デザインーAFTERGLOW
印刷ー中央精版印刷株式会社

価格はカバーに表示されてあります。

落丁乱丁の場合はアルファポリスまでご連絡ください。

送料は小社負担でお取り替えします。


ISBN978-4-434-34653-8 C0193